モンスター娘のお医者さん 8

折口良乃
Zトン

JN031565

私！
いいえ、私が！
う、うん
頑張るね
待ちきれない……♥
ちょっと横取りしないでよぉ

グレン先生、
手早くやらないと
終わりませんよ
アルラウネたちはグレンの手技を求めている——
期待のためなのか、どの娘も
花からだらだらと蜜を垂らしていた。

Contents

ダッシュエックス文庫

モンスター娘のお医者さん8

折口 良乃

プロローグ　東へ

穏《おだ》やかな海だった。

海面は凪《な》いでいる。日差しは柔らかく、暖かい。

帆船《はんせん》の甲板《かんぱん》で、グレン・リトバイトは故郷の――人間領の潮《しお》の匂《にお》いを感じていた。しかしその心中は、里帰りというにはいささか気が重い。

リンド・ヴルムを発《た》ってからすでに二週間。

しかし、婚約者たちとの旅は話題が尽きることもなく、楽しいものだった――とはいえ、実家が近づくにつれて、緊張感が自分を包むのだが。

「見えてきましたね、先生」

隣に這《は》ってくるラミア――サーフェが言うと、そばのティサリアが目を細めて、船の行き先を見定めた。

人間領は東に行くにつれて島が多くなり、陸路と海路の両方を使って進むことになる。船をいくつか乗り継いで、グレンらはついに首都へと向かう廻船《かいせん》に乗っている。

「……わたくしには見えませんわ」

「慣れてないと見づらいかもしれませんね。うっすらと見える島が、人間領の首都ヘィアンです。最後に会ってから、もう十年以上……かしら」

「お医者様の実家における人質……でしたわね。まあ、名家同士での人質交換は、ケンタウロスでもまれにあることですから……」

ティサリアもすでに、サーフェの過去を知っているらしかった。

「ええ。懐《なつ》かしいですね。雪の降る、とても寒い日……私はグレンと出会いました」

目を閉じて、思い出に浸《ひた》るサーフェであった。

グレンもまたサーフェと出会った時のことは鮮明に思い出せる。

グレンは、医者を目指すために、実家を出奔《しゅっぽん》した。父親とはケンカを重ねたうえ、勘当《かんどう》同然で家を出た——もっとも、その裏には、グレンを追い出したい長兄ソーエンの策略があったのだが。

そして、今。

成長したグレンはリンド・ヴルムで、三人の女性と婚約することになった。

ラミアの薬師《くすし》サーフェンティット。

ケンタウロスの闘士ティサリア。

アラクネのデザイナーであるアラーニャ。

彼女たちと婚約したことを実家に伝えるのを躊躇《ちゅうちょ》していたグレンだが、これまた長兄ソーエンの勝手な行動によって、帰省することになってしまった。覚悟はまだできていない。

とはいえ。

ここまでグレンが安全に人間領へ来れたのは、ソーエンの所属する商会の力があったからだ。魔族への偏見《へんけん》が多い土地柄であるにも拘《かか》わらず、サーフェたちも必要以上の人目にさらされることもなく、落ち着いた旅となっている。

そのソーエンは、グレンらよりも先に首都へィアンへと向かっていた。一足先に実家に帰って、グレンらの里帰りの件を話しているはずだ——と、思いたい。

里帰りや結婚報告のことを、穏便《おんびん》に両親に伝えていると信じたいが——ソーエンは『穏便』などという言葉とはもっとも縁《えん》遠い。

グレンの不安の種《たね》は尽きないのであった。

「うみー」「かぜー」「べたべたー」

サーフェやティサリアの肩に乗った妖精たちが、そんなことを言い出す。潮風はあまり好きではないらしく、すぐサーフェたちの髪に隠れてしまう。

「緊張していますか？　先生」

「——うん、まあ」

「ご実家に帰るだけですのに」

「それが嫌なんだよ……」

緊張をあっさり見抜かれて、グレンは顔を押さえる。

「いや、でも——うん。結婚は大事なことだしね。両親にはちゃんと伝える」

どうにか気を取り直して、グレンはそう言った。

あまり婚約者の前で、情けない姿を見せたくないのであった。

「よろしくお願いしますね……良い嫁と思ってもらえるようご挨拶《あいさつ》しますので」

「もちろんわたくしも、良妻アピールさせていただきますわ！　ご安心を！」

「——一人で料理も掃除もできないくせに」

ぼそっとサーフェが言う。だがティサリアは気にせず胸を張る。

「ケイとローナがやるからいいのですわ！」

「どこが良妻なのよ！」

「良い従者を持つのが良い女、良い妻でしょう？」

「くっ……これだからお嬢様は……！」

「な、仲良くね……？」

この手の言い合いは、サーフェとティサリアのコミュニケーションだということはグレンもわかっているのだが——それはそれとして、万が一、両親の前で同じように話されてしまうと少し怖い。

グレンの父は厳しい。

グレンが何を訴えても変わらない、鋼《はがね》のごとき父の形相《ぎょうそう》を思い出して、グレンはまたため息をつくしかないのだった。

「おーおー、懐かしいどすなぁ」

婚約者二人が火花を散らしている間に。

いつの間にかアラーニャが、グレンの背中から抱きついた。四本の腕の抱擁《ほうよう》は、いささか慣れたとはいえ、離すまいという強い意志を感じるのだった。

三人目の婚約者は、海の向こうの首都を見て。

「アラーニャさん……懐かしいというのは」

「あれ、言うてへんかったっけ？　妾《わらわ》、人間領を見物してまわったことがありますのや。デザイナーとして人間領の服装、文化を見ていくのは、とてもいい修行になりましたえ」

そういえば、前にそんなことを言っていた気がする。

そもそもアラーニャは住居から着ているものまで、東風の趣味である。それも人間領の文化に強く影響されたからなのだろうか。

「人間領では魔族は差別されるのでしょう？　大丈夫でしたの？」

ティサリアが心配そうに聞く。

「まあ、そうなんやけど――魔族は、東では東で、『妖怪』って扱いやからな。別にぶらぶら、気ままに行脚《あんぎゃ》するぶんには問題あらへんのや」

「ヨーカイ？」

「そうそう。ラミアは『濡《ぬ》れ女』。アラクネは『絡新婦《じょろうぐも》』って具合に、別の呼び方があるんや。まあ嫌われもんなのは確かやけど——妾はほら、自由に街を回っているだけやったから……やりようは幾《いく》らでもありましたえ。野宿も慣れとるしな」

「た、たくましいですね……」

　そういえばアラーニャと最初に会ったのは、ヴィヴル山脈の山中であった。

　イリィの羽根をスケッチするために、数日野宿をしながら罠《わな》を張っていたのである。同じようにして人間領を旅しながら、服飾文化を学んでいったのだろうか。

「お嬢様にはできへんやろうけどな」

「あら、馬鹿《ばか》にしないでいただけます？　『スキュテイアー運送』は人間領まで商品を運ぶ大商会！　キャラバンでの長距離輸送もありますし、旅先での野営など慣れっこですわ！」

「……一人では？」

「——で、できませんけど」

　勝ったとばかりに、アラーニャが髪をかき上げた。集団ならばともかく、一人旅については アラーニャがもっとも経験豊富らしい。

「まあ、目的は……服の勉強だけやなかったのやけどな」

「──というと？」

「それはナイショどす。センセでもな」

ふふ、とアラーニャは人差し指を立てた。

サーフェが嫉妬《しっと》する前に──とばかりに、アラーニャはすっと離れていく。彼女特有の身軽さというか、グレンと必要以上に仲を深めない態度は、以前から感じていた。親友であるサーフェに気を遣《つか》っているのだろうか。

この三名との結婚の許しを、グレンは父に願いでる──つもりだが。

（でもな……）

人間領は基本的に、一夫一妻だ。

魔族の間では一夫一妻が一般的とは言えない──などという常識を持ち出しても、おいそれと両親に理解されるとは限らない。

しかも首都へィアンにおいては、人間と魔族の結婚は前例がない。双方の領土の境界、または辺境地域では、魔族──特に鬼族との混血が何度もあったはずだが。

（まあ、それは関係ないか……）

グレンはリンド・ヴルムでこれからも生活する。リンドでは異種婚など珍《めずら》しくもない。挨拶だけして、とっとと帰ればそれでいい──とグレンは考えていた。

ソーエンとスィウも仲立ちをしてくれるだろう。

ソーエンもまた、鬼族の娘との結婚を望んでいるのだから、反対するはずがない。スィウは三人の嫁とも仲が良いから、きっと好意的な話をしてくれるはずだ。

「アラーニャ、先生の実家ではちゃんとしてよね」

「サーフェ、妾を誰やと思うてるんや。外面《そとづら》を取り繕《つくろ》うのは得意どす」

「そうね。問題は——」

サーフェはちらり、と鋭い視線で、甲板の後ろを見た。

そこには、一糸まとわぬ緑の肌《はだ》がある。全身の葉を広げて、日光を存分《ぞんぶん》に浴びているのだった。

「アルルーナ様ですね」

「ん？　なんじゃ？　呼んだか？」

扇《おうぎ》で自分を煽《あお》ぎながら、アルルーナが言う。

この船には、何故《なぜ》かアルルーナが従者を伴《ともな》って乗っていた。というか人間領に里帰りするグレンとその婚約者たちにずっと、リンド・ヴルムからくっついてきている。特になにをするでもなく、風景を眺《なが》めたり、猥談《わいだん》をしようとして止められたりしているのだが。

「ていうか、そもそもなんでアルルーナ様がいますの？」

「物見遊山《ものみゆさん》やろ」

「仕事が多くて逃げてきたんじゃない？」

「おぬしら！　わしを、暇《ひま》を持て余した金持ちと勘違《かんちが》いしておらぬか！　これでもリンド・ヴルムの財政を支える篤志家《とくしか》じゃぞ！」

「自分で篤志家とか言わないでください……」

サーフェが呆《あき》れる。アラーニャも処置なし、とばかりに四本の腕を広げて呆れるポーズであった。

「美味《おい》しいお野菜のためにも、アルルーナ様にはしっかり働いていてほしいのですけれど」

ティサリアもそんなことを言う。

「いやなに、しばらく忙しかったからの。東を見て回るのも悪くない。ソーエンめが道中を助けてくれると言うておったし、世話になろうかと思ってな」

「長兄《あに》と？　いつの間に……」

「なんじゃ。知らんかったか。ソーエンとは商売で仲良くさせてもらっておるよ。葡萄酒《ぶどうしゅ》やらハチミツやら、東でも高く売れると言っておった」

グレンは得心《とくしん》する。

アルルーナは大農園の主《あるじ》だ。そこから穫《と》れる特産品を、ソーエンが東で売りさばいている。上質な酒やハチミツ——保存のきく食品ばかりだ。人間領との貿易にはうってつけのものなのだろう。

「それに家族の面倒《めんどう》も見てくれると言うしな」

「家族――？」

グレンが首を傾《かし》げる。

自由気ままなアルルーナである。あまり家庭を持つタイプには思えないのだが――グレンはそう思っていると、サーフェが尻尾《しっぽ》でグレンの背中をつついた。

そして、グレンの耳に唇《くちびる》を寄せる。

「お子様――娘さんのことです」

「？」

「ええと、つまりですね――アルルーナ様はその、生殖に積極的なので、すぐ孕《はら》むのです」

「ぶっ!?」

あけすけな言い方に、グレンは思わずむせる。

グレンの師匠《ししょう》クトゥリフは避妊《ひにん》の研究などもしているが、あまり芳《かんば》しくない。そもそも性交すれば子どもができるのは道理である。自然の流れに反するその行《おこな》いに、医学は今のところ無力であった。

アルルーナほど、性に関して積極的ならば、どうなるか。

「娘さんのうち三十名ほどは未《いま》だアルルーナ様と生活を共にしているとか。農園で一緒にお仕事をされているはずです」

「農園でアルラウネをよく見たけど――娘さんだったんだね……お金持ちは違うな」

見た目は若々しい――いささか過剰《かじょう》なほど性的魅力にあふれた女性であるが、やはり長い時を生きたアルラウネなのだ。

その常識は人間とは違う――子作り一つとっても。

(ううん……)

サーフェは普段からグレンに合わせてくれる。

ティサリアはグレンを理解しようとしてくれる。

アラーニャは東の事情に詳《くわ》しい。

それでもなお、彼女たちは違う種族だ。アルルーナのように、時たま違う常識を『当たり前』のこととして話すだろう。違う種族が添い遂《と》げる。グレンはそれに伴う困難を覚悟しているが――果たして両親がそこまで理解してくれるか。

「……やるしかないか」

覚悟を決める。

船首の向こうに、大きな島が見える。

それこそが、人間領首都へィアン――小島が連なる人間領において、ひときわ広い平地と、美味《うま》い飲み水の流れに恵まれた島である。

島をまるごと一つ、首都として発展させたのだ。

数年ぶりに帰る、グレンの故郷であった。

「いよいよですね」

グレンは頷《うなず》く。

嫁たちはそれぞれ、緊張したり、いつも通りだったり、つかみどころがない顔をしていたりする。

アルルーナばかりが他人事《ひとごと》で、ひたすら海上の日光を浴びているのだった。

(――うまく行きますように)

グレンはそう祈る。

父の厳粛《げんしゅく》な面持《おもも》ちを思い出して、決めたはずの覚悟が揺らぐが――それを必死で押し隠すグレンなのであった。

症例1　鍼治療の鬼

人間領の首都ヘィアン。

人間領で最も栄えている都であると同時に、島一つに丸ごと都としての機能を持たせた、特異な街である。

大規模な工事によって、都の通路は整然とした碁盤目状《ごばんめ》となっている。港で船を降りたグレンたちは、そのまま一路、リトバイト家の実家を目指していた。

荷物やらなにやらは、ソーエンの配下が既《すで》に逗留《とうりゅう》先に運んでくれているらしい。簡単な手土産《てみやげ》だけを持って、グレンたちは歩いていた。

「変な街ですわね……」

おそらく初めて来たのだろうティサリアが、街並みを見て呟《つぶや》く。

「お店はあるけど……農地や工場などが……あまりないのですね」

「ええ……首都にあるのは、人間領を支配する帝《みかど》が住まう御所《ごしょ》。それを補佐して行政を行う元老院。あとは……元老院に勤める職員とか、元老警固《けいご》役とか、彼らに必要なものを売る店とか……要するにここにいるのは、貴族と、貴族を相手にする商人ばかりなんです。市民の住む町はこことは別に、周りの島々にバラバラに存在しています」

島ごとに都市機能が違うのが、諸島国家である人間領の特徴である。

ヘィアンは行政の中心で、その関係者が集まる場所である。長期逗留のための宿の島、観光のための島、農業の島、工業の島などが、また別にある。

アルルーナとはヘィアンに来るまでに、観光の島で別れた。彼女はリトバイト家に用事があるわけでもないし、物見遊山《ものみゆさん》で観光地を回るほうがいいのだろう。とはいえ、アルルーナほどの要人が、本当に人間領に観光しに来たのか――という疑問は残るが。

「あら……となれば、お医者様の実家も？」

グレンが頷《うなず》くと、サーフェがその後を引き継いだ。

「リトバイト家は商家――人間領の商会同盟の重鎮《じゅうちん》です。先生のご実家は廻船問屋《かいせんどんや》です」

「か、カイセン……？」

「わかりやすく言うと、この辺《あた》りの船を全部仕切っている商家なわけです。島が多く、船が行き交《か》う人間領では、生命線の商売です」

「まぁ。わたくしの実家と同じですわね」

ティサリアは嬉《うれ》しそうに言う。

リトバイト家が首都にあるのもそれが理由だ。船の行き来は、政治経済の事情によって決定されることが多々ある。

だから帝《みかど》のお膝元《ひざもと》、ヘィアンにリトバイト家があるのだ。

「はい、まあ、要するに……お上《かみ》の御用商人といいますか」

「まあまあまあ。であれば、リンド・ヴルムの生命線、我が『スキュテイアー運送』とは近しい立場、ですわね」

「でも、僕は商売にはまったく関《かか》わらなかったので……」

グレンは苦笑する。

グレン自身は、家を継ぐのは兄ソーエンだと思っていたし、商売に関わって兄の不興《ふきょう》を買うのも嫌だった。なにより彼には、魔族の医者になるという大きな目標があったから。

「センセは良いところの出身やろなとは思っとったけど――やっぱり偉い方やったんやな。妾《わらわ》にはもったいない、自慢の婿殿《むこどの》どす」

「い、いえ、そういうわけでは――」

「ふふっ。謙遜《けんそん》せんと」

アラーニャはくすくす笑う。

「それにしても――魔族領との行き来は増えたと聞いたんやけど、やっぱり魔族を見る目はあんまり変わらへんねぇ」

「それはそうよ。ここは人間領首都。基本的に魔族嫌いばかりよ……少しは改善されてると信じたいけれど」


「せやなぁ。サーフェ、こんなところで暮らしてたん？」

「外にはほとんど出なかったけどね。出歩いていたらどんな目に遭《あ》うかわからなかったし」

サーフェはそんなことを言う。

サーフェの人質時代は、戦争終結の直前である。魔族の娘がこのヘィアンでふらふらと出歩いていたらどうなるか、容易に想像がついた。

大通りでは、牛車《ぎつしや》や馬に乗る者。荷を担《かつ》ぐ者。警固役らしき武士。それらが皆、魔族に奇異《きい》の視線を向けている。当然ながら全《すべ》て人間だ。

グレンもまた、いつもの白衣にチュニック——西の服装であるから、それだけでヘィアンでは浮いてしまう。しかし今更《いまさら》、東国風の衣装を着る気にはなれなかった。どんな時でも医者でいたいグレンのこだわりである。

「なんだ……馬の身体《からだ》……？」「あれよ、けんたうろす」「ああ、魔族の」「濡《ぬ》れ女に絡新婦《じよろうぐも》までいるぞ」「あの男は誰だ」「見慣れない服を着ていやがる」「あれ……リトバイト家のお坊ちゃまじゃない？」「蒼炎《ソーエン》様か？」「ばっか、それは上の。紅蓮《グレン》っていうのがいたでしょ、真ん中に」「なんであんな格好《かつこう》を……？」

街の人々の噂話《うわさ》が聞こえてくる。

噂話の声が大きい。それはそうだ。ここは公明正大な人間領の行政区。隠すべき噂などありはしない。

魔族への偏見《へんけん》を口にしても、それは普通のこと——なんら恥《は》ずべき行為ではない。

「変わらへんようやね、東は」

アラーニャは肩をすくめた。

「す、すみません……」

「センセが謝ることはあらへん。石を投げられるよりマシやしな。まあ……いつかスカディ様が、よろしゅうやってくれますやろ」

グレンは頷いた。

東と西の交流も始まったことだし、差別意識はいつか変わることだろう。ただの里帰りであり、両親に挨拶《あいさつ》したらすぐにリンド・ヴルムに戻るつもりだ。

人間領の意識を変えるのは、ただの街医者には荷が重い。

「アラーニャさんは……石を投げられたことが？」

「さあ、どうやろ——今の妾は、センセに好かれていればそれで結構どす」

すぐ抱きついてくる。

歩きにくいのだが、それでもグレンは嬉しかった。最近はアラーニャも、好意を誤魔化《ごまか》さずにグレンに伝えてくれる。

婚約者の中で最も素直でないのが、アラクネのアラーニャだ。彼女の心を頻繁《ひんぱん》に聞けるのは、グレンも嬉しかった。

「そろそろ着くわよ――ほら、離れなさい」

サーフェの鋭い声。

アラーニャははいはい、とばかりにすんなり離れる。そんなところでも、彼女がサーフェに気を遣《つか》っているのがよくわかった。

「来たなグレン。嫁どのらも」

「お待ちしていたで御座《ござ》る！」

大きな屋敷。

その門の前で――ソーエンが腕を組んで待っていた。珍《めずら》しくリトバイト家の家紋《かもん》が入った羽《は》織《おり》を着ている。

スィウもまた東国風の服であった。アジサイの模様が入った、仕立ての良い着物姿である。

一足先に実家に帰っていた二人は、すでに挨拶の準備を整えていたらしい。

「あらスィウはん、可愛《かわい》らしい」

「良いお衣装ですわね。警邏《けいら》隊の制服も似合っていましたけれど」

「えへへ……！　着物は動きにくいので御座るが、今日は兄上の晴れの日でありますゆえ！

久々に着飾ってみたで御座る！」

スィウは笑う。

今は角《つの》を隠していない――だが、『鬼変病《きへん》』を発したスィウは、人間領ではまともに人間扱いされないのを知っている。実際、通行人は、魔族や鬼が屋敷の前であれこれと話しているのを見て、ますますその好奇の視線を強めている。

後々どんな噂話が立てられるだろう――。

「気にするな。古くから元老の御用も承《うけたまわ》る、名家リトバイトだ。多少の風評は気にしなくていい。サーフェが人質に来た時もそうだっただろう」

「――うん」

小島の連なる人間領において、船を扱うリトバイト家の権力は絶大なものだ。それゆえにこそ、代々、商家としての名声を確固たるものにしてきた。

現当主ソーエンが言うならば、そうなのだろう。

「東は変わらねばならん。でなければ、俺の目的は達せない」

「そうだね。それは……兄さんに任せるよ」

ソーエンの目的。

『鬼変病』になってしまった女性と結婚すること。

そのためにソーエンは、元老院で政治を行い、東の意識そのものを変えようとしている。

「最初から他人に任せる気はない。だからこそ、今のリトバイト家は魔族の皆様を歓迎する――ようこそ皆様。愚弟《ぐてい》をどうぞ、よろしくお願いいたします」

ソーエンが頭を下げる。

スィウがそれに倣《なら》って、頭を下げる。そこだけを見ると良家の子女のようである。

「私はかように、俗人《ぞくじん》の風評など気にしませぬが」

ソーエンはため息交じりに。

「我らの父にして前当主のビャクエイ・リトバイトは、規律に厳しく、風評も気にされるお方――そしてなにより、道理の通らぬことを嫌うお方でもあります。皆様であれば心配ありますまいが、くれぐれも粗相《そそう》のないように」

「わかっていますよ」

サーフェが微笑《ほほえ》む。

父ビャクエイは、確かに悪い評判が立つことを嫌う。それは商家としては当然のことであるのだが、それゆえグレンは魔族アカデミーへの入学を反対された。

実の父だというのに、未《いま》だに苦手意識が強い。

かつてこの屋敷で暮らしていたサーフェ。お嬢様のティサリア。愛想《あいそ》はすこぶる良いアラーニャが嫌われることはまずないだろう――つまりビャクエイの機嫌は、グレンの行い一つで決まるということだ。

「――逃げないでくださいね、先生？」

いまにも逃げ出したい――。

そう思った心を読まれたかのように、サーフェの尻尾《しっぽ》がグレンの足首に巻きついた。察《さっ》しが良すぎる。

「に、逃げないよ」

「本当に？」

「——本当」

グレンは腹をくくる。

苦手な身内である——いや、だからこそ向き合わねばならないのだろう。アカデミー時代から変わらぬ父への苦手意識も、そろそろ拭《ぬぐ》わねばならない。

そう頭ではわかっていても、こめかみから流れる汗《あせ》は止められなかった。

「私がいますからね、先生？」

サーフェが耳元で囁《ささや》く。

グレンは緊張した面持《おもも》ちで、小さく頷くのであった。


屋敷に入ると、待ち構えていた使用人たちが出迎える。

どれもグレンの見知った顔であった。頭を低くして、グレンたちを迎え入れる。魔族領やリンド・ヴルムでの生活に慣れたグレンには、こうした対応を受けること自体が久方ぶりのものであった。

ソーエンの案内で、グレンたちは屋敷内へと上がる。

東では、土足で家に上がるのは嫌われる。

グレンは靴を脱ぐのも久しぶりだ、などと思った。

「申し訳ありません――」

グレンの幼《おさな》いころからリトバイト家に仕《つか》える使用人が、いきなりティサリアを制した。

「人馬《じんば》の方は屋敷に入るのをご遠慮いただけないでしょうか」

そんなことを言い出す。

グレンはつい眉根《まゆね》を寄せて――。

「待って。その人もお客さんだよ。どうしてダメなの」

「ですが、紅蓮坊ちゃま」

「坊ちゃまもやめて」

使用人が昔の呼び方を使う。婚約者たちの前で『坊ちゃま』などと呼ばれるのは気恥ずかしかったし、そもそもそんな歳《とし》ではない。

「――失礼いたしました。ですが、鉄の蹄《ひづめ》ですと、畳《たたみ》に穴が」

「っ」

言われてみればそうだ。東の邸宅は、リンド・ヴルムのように頑丈《がんじょう》ではない。重量のあるケンタウロスが蹄鉄《ていてつ》をつけたまま歩けば、畳も床もぼろぼろになってしまう。

歩く途中で、穴があく——危険なのはティサリアである。

「構いませんわ」

ティサリアは気にした風もなく、ただ少し両手を広げて。

「魔族のために作られた家ではありませんものね。庭から回れますかしら？　ご案内していただけます？」

「こちらになります」

「ではお医者様、またあとで」

ティサリアは軽く手を振る。本当に一切気にしたそぶりを見せないのが、彼女の生まれ育ちを端的《たんてき》に表している。

「すみません、ティサリアさん」

「構いませんわ。お医者様のつけてくれた蹄鉄を外すわけにもいきませんもの」

そもそも蹄鉄は、蹄に釘《くぎ》で打ちつけてあるのだから、容易に脱げるはずもない——リンド・ヴルムであれば、こんな心配もいらないのに。

「こっちは相変わらず、大変どすな」

アラーニャが鋭い目つきで告げる。

「ああ、堪忍《かんにん》え。センセを責めてるわけやないんどす」

「はい、それは……わかっていますが、申し訳なくて」

　グレンは眉を下げる。

「早く挨拶を済ませて、リンド・ヴルムに帰りましょうか」

「おかしなこと。センセの実家はここなのに」

「好きじゃないんです」

　はっきりした言葉に、使用人たちがぎょっとした顔をするが、グレンは構わなかった。婚約者たちに不自由な思いをさせる場所を、好きになれるはずもない。

　一部始終を見ていたソーエンが、ため息をついた。

「その言葉、父上の前では絶対に言うなよ」

「……わかってるよ」

　憮然《ぶぜん》として、グレンはそう答える。拗《す》ねた仕草《しぐさ》が子供のようだと自分でも思うのだが、止められなかった。

　サーフェとアラーニャが、揃《そろ》ってくすりと笑うのだった。


　その男、歳の頃は六十の手前。

　深く皺《しわ》の刻《きざ》まれた顔立ち。身体は引き締まっているが、武人というほど鍛《きた》え上げられた肉体でもない。しかしその厳粛《げんしゅく》な面持ちには、将軍ともいうべき貫禄《かんろく》があった。

　軍でこそないが、一つの商会を率《ひき》いる覚悟がある。

「──来たか、紅蓮」

名はビャクエイ。

武道にも通じる厳格さで、東方商会同盟の幹部にのし上がった男。

そういう意味ではティサリアの父エフタルに似ているのかもしれない。だが、エフタルと大きく違う点がある。

エフタルは傭兵《ようへい》から商人へと転向したが、ビャクエイは商人として重要な地位に就《つ》くために、武士のごとき厳しさ、気風を身につけたのだ。

なればこそ──必要以上に、規律を重視するのがビャクエイであった。

「久しぶりです……父上」

「お前というやつは手紙もろくに──いや、もういい。あとで母にも顔を見せてやれ」

「うん……」

グレンは憮然とした顔であった。これから結婚の挨拶を、と考えているとは思えない。

ビャクエイは上座で、胡坐《あぐら》をかいて腕を組んでいる。なにを言っても聞いてくれなさそうなこの雰囲気《ふんいき》が、グレンは苦手だった。

ビャクエイの隣には、ソーエンとスィウ。ソーエンは当主の顔を崩《くず》さない。スィウも神妙《しんみょう》な顔をしているが、わずかに身体が揺れていた。じっとしているのが性《しょう》に合わないのだろう。

「サーフェは久しぶりだな。息災《そくさい》だったか」

「はい。ビャクエイ様。グレン先生と一緒に、診療所を楽しく務めさせていただいております」

ザブトンの上にとぐろを巻いて、サーフェは告げる。グレンを挟《はさ》んだ反対側に座るアラーニャも、楚々《そそ》とした表情であった。

「お母上もお変わりなく?」

続けて、ビャクエイがサーフェに尋《たず》ねると、

「あんな母親知りません。もう私は出奔《しゅっぽん》した身です。結婚の報告もしましたが、幸せに、という手紙一枚でした。里にも戻りません」

サーフェの声は冷たいというより拗ねているようだった。いくつかの誤解と策略の結果とはいえ、ネイクス家の者が水路街に毒を撒《ま》いた件は、サーフェの中でまだ尾を引いている。

ティサリアは、障子《ショウジ》を開け放した中庭で、腰を下ろしていた。

「客人の二人もすまぬな。東はなにかと不慣れだろう――特にスキュテイアーの令嬢、不便をかけてまことに申し訳ない」

ビャクエイはいかめしい顔ではあるが、ティサリアに向けて深々と頭を下げた。

「いいえ。東方商会とはこれからも仲良くさせていただきたいですし――わたくしも気にしていませんわ。お初にお目にかかります。今後とも、よろしくお願いいたします、ビャクエイ様」

「我々どもの商会をよろしく頼む」

商会同士でつながりがあったのだろう。

運送業と廻船問屋である、何かとやりとりがあってもおかしくはない。最近はとみに東西の物流が盛んだ。

「さて――グレン」

「うっ」

「用件を聞こうか。一応ソーエンから聞いてはいるが、お前の口から改めて……な」

「うん――」

グレンは顔を上げて。

「僕は――結婚します。サーフェンティット、ティサリアさん、アラーニャさんと。そしてこれからも、リンド・ヴルムで医者を続けたい。その挨拶に参りました、父上」

「好きにしろ」

「へっ」

覚悟を決めてグレンが発した言葉に。

ビャクエイはただの一言で返した。

「えっ――い、いいの父さん。駄目じゃないの」

「駄目と言ってほしかったのか」

「い、いやそうじゃないけど――てっきり反対されるものとばかり」

「反対したところで聞かぬだろう。結婚しますと告げた様《さま》が……家を出て、魔族のアカデミーに行くと宣言した時と同じだ。それとも私が否《いな》といえば、諦《あきら》めたのか？」

ビャクエイの鋭い目に射抜《いぬ》かれて、グレンは首を振った。

「強情なのは誰に似たのか……言っても聞かぬなら、言う必要もない」

「――父さん」

「父上と呼べ。教養ある男の言葉遣いではない」

ビャクエイは、居住《いず》まいを正して。

「魔族の娘との結婚。それも複数……こちらの常識ではありえんな。母など驚きすぎて疲れたと言っていたぞ」

「……だろうね」

「だが、お前は人の話を聞かない。ソーエンめに焚《た》きつけられたとはいえ、アカデミーに行く意思を頑《がん》として曲げなかったからな。それに」

ビャクエイは少しだけ、なんと言うべきか悩むように、言葉を切った。

「お前の、スィウの治療に関する報告書を読んだぞ」

「えっ」

『鬼変病』に関する所見とその対処。

それは確か、グレンが資料をまとめて、クトゥリフに提出していた。何故《なぜ》そんなものが父の手に渡っているのか――考えるまでもない。ここ最近、リンド・ヴルムとヘィアンを行き来しているのはソーエンしかいない。

ソーエンは我関せずとすました顔つきをしていた。

「報告書によれば、リトバイト家は――いや、おそらく人間領の多くの家系が、魔族である鬼の血を引いているのだろう。ならばもはや違う種族とも言えない。結婚も自由にすればいいだろうさ」

「あ、ありがとうございます――」

「いずれこの事実も明るみに出る。ソーエンもまた鬼の娘を娶《めと》りたいらしいからな。一足先に弟がリンド・ヴルムで魔族と結婚したとて構うまいよ」

ソーエンはそこまで話したのか。

グレンは驚いている。ソーエンとサキの関係は誰にも秘密であったはずだが――。

父に話したのならば、ソーエンはあるいは、この事実を人間領で公表するつもりなのだろうか。ソーエンの野心が一歩ずつ実現に近づいている気がした。

「恐れ入ります、父上」

ソーエンが頭を下げる。ビャクエイはうむ、と頷いて。

「そんなわけだ。好きにするがいいグレン。サーフェンティット、そしてスキュテイアーのご令嬢。すまないが息子をよろしく頼むよ」

名前をあげられ、サーフェとティサリアがそれぞれ頭を下げる——が。

一人だけ名を呼ばれなかったことに、アラーニャが眉を上げる。

「父さん？　今……」

「名前をもう一度聞かせてもらえるかな。絡新婦のお嬢さん」

ビャクエイは顔色を変えずに、アラーニャに問う。

「へぇ。アラーニャ・タランテラ・アラクニダと申しますえ」

「アラーニャ殿。貴女《あなた》には大変申し訳ないが——息子とあなたとの結婚を認めるわけにはいかない」

「っ！」

予想外の言葉に、グレンは思わず片膝《かたひざ》を立てた。

「座れ、グレン」

「っ。父さん……！」

「もう一度だけ言う」

ビャクエイは鋭い瞳《ひとみ》で——グレンの苦手な瞳で、グレンを見つめる。

「アラーニャ殿との結婚は、断じて認めない」

まったく予想だにしない拒絶に、グレンは奥歯を噛《か》みしめることしかできないのだった。

ちょうど、梅の咲きかけている島だった。

首都の島へイアンから、廻船ですぐに行ける距離——里《さと》が一つあるだけの小島に、グレンたちは足を踏み入れた。

グレンはあてがわれた屋敷の縁側《えんがわ》で、ぼんやりと外を眺《なが》めている。

「どうだ、この里は」

里を歩くソーエンが、声をかけてきた。

「うん、良い里じゃないかな。まとめ役はサキさん？」

「そうだ。サキもなにかと忙しいが、夕食の時間には挨拶したいと言っていた。しばらくはここでゆっくりしていろ」

「うん……実家には泊まれないしね」

グレンは頭を掻《か》く。あんなことを言われたまま、実家の世話になる気はなかった。

もっともソーエンは、こうした事態を見越していたのだろう——既にグレンたちが持ってきた荷物は全て、この島の里に運ばれていた。ビャクエイへの挨拶を終えたグレンたちは、すぐにこの里に移動した。

「この里を作るまで、時間がかかった」

「そうなの？　どこにでもありそうだけど……」

「——」

ソーエンは難しい表情である。

風景は美しい。人の手がほとんど入っていないことが窺《うかが》えた。都にほど近い島だというのに——おそらく全くといっていいほど切り拓《ひら》かれることがなかったのだろう。

グレンたちがやってきたのは、そんな島にある唯一《ゆいいつ》の里。

ソーエンが言うには——人間領の中心近くにありながら、魔族だけが暮らしている島。ソーエンの隠れ里なのだという。

「この島は、公爵から嫌がらせで譲渡《じょうと》されたものだ」

「嫌がらせってなにさ」

「ヘイアン直近の島だが、土地の塩分が多くて作物が育たん。元老からすれば無用の悪地ゆえ、俺のような外様《とざま》に寄越《よこ》したのだ。俺とサキが——東に棲《す》んでいた魔族たちをここに集めて、少しずつ開墾《かいこん》した。田畑はまだまだだが、暮らしていく分には問題ない。東の魔族を匿《かくま》う隠れ里として使っている」

なんでもないことのように言うが、農業において塩害は深刻だ。

人間領で人の目を盗んで、里を成立させるためには——並々ならぬ苦労があっただろう。たとえここがソーエンの私有地だったとしても。

「だがまあ、里にいるのは魔族ばかり。濡れ女《ラミア》も絡新婦《アラクネ》もいる。サーフェも他の嫁殿らも、こちらのほうが居心地がよかろう」

「うん……そうだね」

グレンは頷いた。

タタミの件一つとっても、人間領は勝手が違う。せめて魔族がいる里のほうがいいだろう。

「ああ、そうだ。暇《ひま》なら里の者を診《み》てやってくれ。病人がいるわけではないが——そもそもこの里には医者がいない。魔族専門医の診察は貴重だ」

「あ——うん、それはもちろん」

グレンは頷いた。

最低限の診察のための道具は持ってきている。ただ逗留するだけのつもりはなかったし、この里ではグレンの力が必要だろう。

「頼むぞ。金は払う」

グレンは唖然《あぜん》とする。

吝嗇《りんしょく》家のソーエンが、自《みず》ら金を払うと言うのが意外だった——それだけこの里、ここに住む魔族たちのことを思っているのだろう。その優しさを少しでも妹、弟に向けてくれればいいのに、と思わなくもない。

言うだけ言ってソーエンは去っていく。

領主としてやるべきことがあるのだろう。

「…………」

グレンはぼんやりと里の風景を眺めた。

ソーエンの言葉通り、まだ幼いアラクネが手毬《てまり》で遊んでいる。

グレンに気づくと、ささっと逃げてしまった。人間の来客など滅多《めった》にないだろうから、恐れられても仕方ない。

代わりに――。

「こちらでしたか、先生」

「サーフェ」

するりと這《は》い寄ってくる薬師《くすし》に、グレンは顔を向けた。

「どこかに行ってたの?」

「ええ。田畑を見てきました。サキさんによれば、少量ですが薬草も作っているとのことでしたので――早いうちに、保存のきく薬をいくつか作っておこうかと」

「気がきくね」

すでに自分たちが発《た》った後のことを考えている。

「ちなみにティサリアは槍《やり》を振って子どもたちに見せています」

「どこでも人気者だなぁ……アラーニャさんは?」

「わかりません――顔を合わせたくないのかもしれませんね」

サーフェは顔色を変えずに言うが、グレンの心は暗澹《あんたん》たるものだった。

「──気になりますか？」

「そりゃ……気になるよ。だってさ、あんなことを言われて。僕は絶対受け入れないけど──でもさ」

「……正直、結婚を認めないといわれるのは私も覚悟していました。ですが、アラーニャだけ、というのは」

「東の差別意識とはまた別の理由だからね──」

グレンは大きくため息をついて。

「……『黒後家党《くろごけ》』か」

父ビャクエイが言っていた、その名前を呟くのだった。


グレンは思い返す。

記憶の中で、ビャクエイの言葉がよみがえる。

「今、首都へイアンを騒がせているものがある。それが東で新しく興《おこ》った宗教『黒後家党』だ」

ビャクエイはいかめしい表情で、その名前を告げる。

「こやつらは宗教を名乗っているが、どうやら奉《ほう》じている仏神がろくでもないもののようでな、その信者は盗《と》み、乱暴を良しとするというのだ。そのせいで首都においても、火をつけられ、商品を盗られた商家がいくつもある」

「そんな……そんなの、ほとんど盗賊《とうぞく》じゃないか」

「そうだ。宗教とは名ばかり、治安を乱す賊にほかならぬ。元老警固役が動いてはいるが――首尾《しゅび》は良くないと聞く」

ビャクエイはソーエンをちらりと見た。

「元老らはなんと言っているか、ソーエンならば知っているだろう」

「は――無論、帝のお膝元へィアンでの度重《たびかさ》なる狼藉《ろうぜき》。元老の皆様も大変心を痛めておられますが……連中の居所、拠点が皆目《かいもく》、見つかりませぬ。そのために捜索《きょてん》も行き詰まっているとのことです」

「だ――そうだ。かように胡乱《うろん》な者どもの起こす騒ぎが続発しており、ヘィアンはこの話題でもちきりだ」

ビャクエイは大きく息を吐く。

「そ、それと結婚の話と、どう関係するっていうのさ。アラーニャさんは別に……」

「そのような盗賊『黒後家党』が奉じている神の名が……『阿絡尼陀《アラクニダ》』というらしいのだよ、グレン」

「は――?」

グレンは唖然としてしまう。

やっとアラーニャに結びつく話が出てきたが――話が荒唐無稽《こうとうむけい》でついていけない。アラーニャのファーストネームが、東の邪教で使われている？

「連中は盗みに入った商家に、ご丁寧《ていねい》に置手紙を残していく。貴重な品々を盗んでいくのも、その神『阿絡尼陀』への捧《ささ》げものだそうだ」

「そ、そんなの……ただの偶然だろ！　アラーニャさんはこないだまでリンド・ヴルムにいたんだから、そんな変な連中と関係あるはずが――」

「世間《せけん》はそうは思わぬ」

ビャクエイの顔は厳しかった。

「私自身も、『荒絹縫製《あらぎぬほうせい》』のデザイナー殿と、邪教に関わりがあるなどとは思わぬ。だが今まさに都であふれる『黒後家党』の噂に、さらに良からぬものを加えることになる。結婚は認めることができん」

「そんな――」

ビャクエイの言う通り、世間は必《おの》ずからめて考えるだろう。悪い噂というのは必ず漏《も》れる。積極的に広めることはなくとも、自ずと出回る。

有名な商家の評判を貶《おとし》めるものであるなら、なおさら。

「蒼炎の仕事にも悪影響がでるだろう――魔族との婚姻《こんいん》は、蒼炎自身が大望を果たせば、問題はなくなる。ゆえに許す。しかし、弟が賊と関わりがある娘と結婚すれば、その大望にも邪魔が入るぞ」

「っ……」

「最悪、リトバイト家が、元老院から取り調べを受ける——紅蓮。わからぬお前ではあるまい。取り調べを受けたという事実それだけで、我々のような商家がどれだけ困るか」

それはわかっている。

要するにメンツの問題だ。だがこのビャクエイという男は、体面や風評をなによりも気にする。ヘィアンに店を構える歴史ある商家として、評判、信用というものがどれだけ大事かを理解している。

それらを一度失えば、一族が路頭に迷うことになりかねない。

「——でも、それでも、ただの偶然で、アラーニャさんは無関係……」

「偶然、偶然というが」

ビャクエイの目は、どこまでも厳しい。

鍛え抜かれた商人としての目が見つめるのは——グレンの隣のアラーニャ。

「絡新婦の嫁殿のほうは、心当たりがあるようだぞ、グレン」

「えっ……！」

グレンが思わず隣を見る。

婚約相手のアラクネの顔は——硬《かた》くこわばっていた。それはただ結婚を認められなかったからというだけではなく——。

明らかに、おかしな宗教に覚えがある顔だ。

「すみまへんな――センセ」

やっとそう、言葉を絞《しぼ》り出したアラーニャ。

謝罪するということが即《すなわ》ち――アラーニャと『黒後家党』が無関係ではないことを示しているのだった。


「まさかこんなことになるなんて――」

屋敷の縁側で、グレンは頭を抱えていた。

思い返してみても、処置無しの状態だった。結婚の許しは終《つい》ぞ得られず、どうしようもないままにグレンたちはこの里までやってきた。

このまま帰るわけにはいかない――のだが、どうしたらいいかもわからない。父への挨拶がここまでこじれてしまったのだから、長逗留になるだろうな、という予感はあった。

道中、アラーニャはほとんど口を開かなかった。

「先生、アラーニャはどこに？」

「屋敷の……自分の部屋にいるとは思うけど。でも、顔を合わせてくれなくて」

「気まずいのでしょうね。それで、グレン先生はどうします？　ビャクエイ様に逆らって結婚するのですか？」

「それはアカデミーの時と同じだし……あまりやりたくない。ただ、結果的にそうなるなら仕方ない、と思ってる」

グレンは迷いのない顔だった。

父や兄に迷惑をかけるのは承知《しょうち》の上——そんな覚悟の表情だった。温厚なグレンが、このように優先順位をつけるのは珍しいことだ。

それだけグレンの心中で、アラーニャの占める割合は大きいのだろう。

「でも、アラーニャさんが反対してるから……」

「でしょうね」

「自分は愛人でいいから。親に反対されてまで結婚してもらえるような、価値のある女じゃない、とか言ってるし……」

「なるほど。そして説得もままならず、こうして縁側で過ごしていると」

「見透かさないでよ……サーフェ」

グレンはため息をつく。

梅の花は今が見ごろだ。グレンにその習慣はないが、梅や桜を見ながら酒を飲むのが東での風流な習《なら》わしである。

サーフェやアラーニャと花見酒ができれば、どれほど楽しかっただろうか——。

「アラーニャにとっては、愛人くらいがちょうどいいのでしょうね。責任を持たないですむ立ち位置、というのが好きなのかも」

「アラーニャさんらしいね」

飄々《ひょうひょう》とした女性だ。

彼女らしいマイペースさを保つためには、結婚という契約は枷《かせ》になってしまうのかもしれない。自分は愛人でもいいと、これまでもアラーニャは再三言っていた。

「でも――ダメだよ。それはダメ」

「あら、どうしてですか？」

「――――」

グレンは一瞬、話すべきか悩んだが。

サーフェは常日頃《つねひごろ》から、アラーニャを親友と呼んでいる。その言葉を信じるならば、彼女たちの友情は容易なことでは崩《くず》れまい、と思った。

「――サーフェがいなくなった時、あったでしょ」

「うっ。は、はい」

まだ負い目に感じているのだろう、サーフェは目を逸《そ》らした。警戒心《けいかいしん》から尻尾が正直にぴんと張っている。

「あの時、ティサリアさんもアラーニャさんも助けてくれた。特にアラーニャさんは、自分も忙しいのに、何度も来ては食事の世話をしてくれて――二人がいなかったら、僕はなにもかも嫌になってたかもしれない。医者の職務も投げ出していたかもしれない」

「先生――」

「だからさ。僕はアラーニャさんも大事にしたい。愛人とか、便利な女性とか、そんな風には思いたくないいんだ。だから――ちゃんと結婚する」

梅の花を見ながら、グレンは告げる。

サーフェは嫉妬《しっと》するだろうか。こんなにもあからさまに、他の女性への好意を告げて――おそるおそるサーフェを見ると。

彼女は柔らかい微笑みを浮かべていた。

「ありがとうございます、グレン先生。私の友達《アラーニャ》を、そんなに大切に思ってくれて」

「……嫉妬しない？」

「ちょっとはしてます。でも、うるさい本妻にはなりたくないので」

二つに分かれた舌《した》を見せて、悪戯《いたずら》っぽく笑うサーフェであった。

「だから結婚はする――けど、どうしたものかなぁ」

「『黒後家党』でしたか。おかしな新興宗教のせいで、結婚を否と言われるのであれば――私たちにできることなんてあるのでしょうか」

「そうなんだよね」

グレンはやはり深くため息をついた。

問題は山積みだ。どうにかアラーニャとの結婚を認めてもらいたいのだが、一介《いっかい》の街医者に邪教集団をどうこうできるとは思えない。

「みんな幸せになれたらいいんだけど」

「先生は優しいですね。それに欲張り」

サーフェは呆《あき》れたように笑っていた。

「欲張ったって——いいじゃないか」

グレンは拗ねたように、そう言うしかなかった。


「皆様、ようこそソーエン様の所領へ」

夕食の時間。

食事の間《ま》にて並べられた膳《ぜん》を前に、サキが深々と頭を下げた。

「ささやかですが宴席を設けております。この島で採《と》れたものが主ですが——よろしければお楽しみください」

「心遣い感謝します、サキさん」

ソーエンの婚約者であり、人から鬼になった女性サキ。

彼女はどうやらこの里のまとめ役のようなことをやっているらしい。並べられた膳には山菜のほか、豆や穀物《こくもつ》、鹿肉を使った煮物などもある。ソーエンは、今日は来賓《らいひん》を出迎える主《あるじ》の立場だ。

「サキさん、また雰囲気が違いますね。落ち着いているというか――」

もともと、物腰の穏《おだ》やかな女性ではあったが。

里でグレンらを出迎えたサキは、前に会ったときよりずっと柔らかい雰囲気をまとっていた。宴《うたげ》を前に、ニコニコとさえしている。

「東ではなにかと肩身が狭いですから――私も外に出るときは、常《つね》に気を張っております。しかし、この里は鬼や魔族ばかり。私としても気安いのですよ」

「なるほど――」

「心ばかりですが、皆様、どうぞ召し上がってください」

促《うなが》されて、宴が始まった。グレンも早速《さっそく》山菜に手をつける。サーフェもかつて東で過ごしていただけあって箸《はし》さばきも慣れたものだ。ティサリアだけがフォークを使っていた。

「鹿はスィウが捕まえて参りましたぞ！」

「いないと思ったらそんなことを……」

グレンは息を吐《は》く。すっかりやんちゃに育った妹スィウである。

彼女も角が生えた今となっては、実家よりもこの里のほうが居心地いいらしく、グレンたちにくっついてきたのだった。

「こちらではお酒を？」

並べられていた膳には、徳利《とっくり》もあった。酒に目がないサーフェが問う。

「はい。酒造《さかづく》りの心得《こころえ》のあるものがおりますので、任せております。まだまだ里で作れる量は少ないですが、ゆくゆくは名産になれば、と——是非《ぜひ》ご賞味ください」

「いただきます……まったく。アラーニャも来たらいいのに」

酒を一口飲みながら、サーフェがぼやいた。

アラーニャのための席は空《あ》いたままだ。

「アラーニャ様にも声をおかけしましたが、後で部屋に運んでくれと——」

「そうですか……」

グレンたちと顔を合わせたくないのだろう。

グレンの父親に自分だけ結婚を認めないと言われたのだから、それも致《いた》し方《かた》ないだろうが
——グレンは心配になった。

「力ずくで引っ張り出します?」

「やめなさいティサリア」

「はぁい」

山菜を楽しみながら、ティサリアがサーフェの返答に応じる。強引な手法はグレンも取りたくはないが——とはいえどうしたものか悩んでいる。

「とにかく、サキさん。父から結婚の許しを得られるまで、ここにいさせてください。アラー

ニャさんともじっくり話をしてみます。もちろん、タダでお世話になる気はないので――里の皆さんの診察もさせてもらえたら、と。準備はしてきましたので」

「もちろんソーエン様の弟君と、その奥様がた。私にとっても家族となりますので……いくらでもいてくださって構いません。ましてお医者様であれば、こちらから頭を下げて逗留していただきたいほどです。どうぞよろしくお願いしますね」

「ありがとうございます」

サーフェとティサリアが、『奥様』と呼ばれたことで、頬《ほお》に手を当てて照《て》れている。

アラーニャもそうだったら良かったのに――と思うグレンだ。間違っても愛人扱いになどさせたくはない。

「兄さん」

「いつまでも辛気臭《しんきくさ》い顔をしているんじゃない、グレン。酒がマズくなる」

サキに酒を注いでもらいながら、ソーエンがそんなことを言い出した。

「絡新婦のデザイナー殿が心配なのはわかるが、そこまでして父上の許可が必要か？　『黒後家党』のことなど気にせず娶ってしまえばいい」

「それは――」

嫌だ、とグレンは強く思う。

「それは、アラーニャさんが喜ばない。だから嫌だよ」

欲を言えば。

ビャクエイ、ソーエンに迷惑をかけてしまうことになっても——グレンは結婚を、家族みんなに祝福してもらいたい。

アカデミーのことにしても、後悔がないわけではない。医者になる夢は決して諦めなかっただろうが、家族との関係を損《そこ》ねずもっと上手《うま》くできたのではないか、という想いは今でもあった。

今度こそ。

誰をないがしろにすることもなく、我《われ》を貫《つらぬ》きたい。

「嫌だと言うならば……デザイナー殿の言う通り、愛人として囲ってしまうのもまた一案ではないか？　実態は大して変わるまい。それが本人の望みであるならば……」

「ソーエン様」

ソーエンがいつも通り、空気を読まずに正論をぶつけてくる——それを制したのはサキであった。

「その辺にしてくださいませ。宴席ですよ」

「宴席だから言うのだ。真に嫁のことを思うなら、無理は——」

「弟君はソーエン様の立場も気にしてくださっているのですよ」

「弟が誰と結婚したところで、俺の商売に関係ない」

兄と兄嫁の口論が始まってしまった。

どちらもグレンのことを考えての発言なのはわかる——ソーエンもあまりに口が悪いが、言いたいことは理解できた。

「あーもうやめやめ！　兄上ども！　空気を悪くすることしかできないで御座るか！」

スィウが。

木組みの床を殴りつけて、怒鳴った。ソーエンとグレンの動きがぴたっと止まる。

「ソーエン兄！」

「……なんだ」

「スィウは忘れて御座らぬぞ！　兄者の結婚相手を見定めろと、このスィウに申しつけたことを！　命じられた通り、スィウは兄者と縁深き女性を見定め申した！　それはサーフェ姉者《あねじゃ》に加えて、ティサリア殿とアラーニャ殿に御座る！」

そういえばそんな話もあった。

毒水《どくみず》事件などもあって、スィウが直接、結婚相手を選んだわけではないが——今日までスィウは、どの婚約者とも仲良くしてくれている。

「————むう」

「父上の反対はスィウにはどうにもできぬことなれど、兄者の婚約者のお三方、皆これ我が姉上に相応《ふさわ》しき女人《にょにん》に御座ります！　その判断を誤りというなら、そもそもスィウにそれを命じたソーエン兄の責ということになりますぞ！」

「わかった、わかった。そうだな、ここで話を続けるのはやめだ」

ソーエンは鋭い瞳で。

「だが――どうするか考えておくことは必要だろう、グレン？」

「……わかってるよ」

きっと、一番いいのは。

妙な宗教『黒後家党』とやらをどうにかすることだろう。だがソーエンですら尻尾を掴《つか》めない相手に対して、グレンがなにをできるというのか。

「――ご家族のことではありましょうが、互いに責め合っていても仕方ありませんわ」

山菜を食べ終えたティサリアが、ゆっくりと立ち上がる。

「ここは僭越《せんえつ》ながらわたくしが！　宴席を盛り上げるために一芸披露《ひろう》いたしましょう！　ケイ、ローナ……は今はいないから――」

「竹が御座りますぞ、ティサリア姉！」

「ではこの短剣で、唐竹割《からたけわ》りをしてみせましょう！　……ふふ、可愛い妹ができて、わたくしも光栄ですわ」

「また鍛錬《たんれん》に付き合ってほしいで御座る！」

グレンの知らないところで、スィウとティサリアは思った以上に仲良くなっているようだ。

「――床、踏み抜かないでくださいね、ティサリア」

「ここの屋敷は畳もないし、丈夫《じょうぶ》に作ってあるそうですわ！　サキさんに確認したから大丈夫！　それではいざ！」

その後は――。

ティサリアが竹を割ったり、剣圧でろうそくの火を消すなど、武芸者らしき技《わざ》の数々で宴を盛り上げるのだった。

だが、どれほど盛り上がっても――グレンの心は晴れなかった。

それは言うまでもなく、この宴に参加していない、一人のアラクネのことが気がかりだからであった――。


眠れない夜だった。

グレンが本を読んでいると、妖精たちが飛んでくる。リンド・ヴルムから何人か連れて来たのだが――東では酪農《らくのう》は盛んではないので、サーフェはミルクの代わりに、一日一杯の酒で働いてくれるよう、契約を結び直したのだという。

だが、妖精たちの顔は赤い。

「ふらふらー」「くらぁ」

「大丈夫かい？　もう休んで」

「くらくらー」「ぐびぃ」

「飲んじゃダメだよー」

酩酊《めいてい》状態の妖精たちが、ついつい心配になる。とはいえ怪我《けが》も病気もしない（らしい）妖精たちだから、酒酔いも一時的なものだろうが――。

「はぁ」

妖精たちがどこかに消えるのを見送ってから、グレンは手元の本に目を戻す。

そこに書かれていたのは、東の古いおとぎ話である。クモが化けた娘と、それに恋した男の話。しかし結局、クモの娘は人間を食べるために男を騙《だま》しており、最終的には通りすがりの武士によって打倒される。

「読まなきゃよかった」

アラーニャのことを考えている時に、読むべきではなかった。

このクモの娘というのは、おそらく東に住んでいたアラクネなのだろう。本の物語はあくまで創作であるが、元になった事実がある気がした――過去にこうした事件があったとは思いたくないのだが。

「はぁ……」

眠くなるどころか、目がさえる一方だった。

どうしたものか。

悩みは尽きない。

夜半過ぎではあるが、少し屋敷の周辺を散歩でもしてこようかと思った時だった——ろうそくの明かりとともに、ショウジの向こうがわずかに明るくなる。

「もし」

サキの声だ。

角の生えた女性の影が、ショウジに映る。

「弟君。夜分遅く失礼いたします。少し——よろしいでしょうか？」

「え？　あ、はい」

彼女が何の用だろう。

グレンは慌《あわ》てて本を閉じる。落ち着いた所作《しょさ》で、サキがショウジを開ける。

襦袢《ジュバン》姿であった——要するに東の寝間着《ねまき》である。その絹《きぬ》の生地《きじ》の薄さは、肌《はだ》が透けそうなほどだった。そんな姿でどうしたのか。

なにか急ぎの用かとも思ったが、サキの表情はいつもの通り落ち着いたものだ。部屋の中に入ると、サキは正座し、グレンと向かい合う。

「ど、どうしましたか」

兄嫁——予定の女性。その深夜の来訪に、グレンは困惑《こんわく》の表情を浮かべる。

「はい。弟君がせっかくいらしたので、ご相談を」

「相談……ですか？」

「身体のあちこちが、以前から痛むのです。よければ弟君に診てもらえたらと」

「それは構いませんが――」

グレンは頷くが、同時に疑問もわいてくる。

「どうしてこんな夜遅くに？」

「ソーエン様に心配をかけたくないのです。口は悪いですが、私に不調があると知ると、血相《けっそう》を変えるでしょうし――」

「はあ」

兄が誰かを心配するなど想像できないが――とはいえ、ソーエンはサキにべた惚《ぼ》れである。サキ本人が言うならそうなのだろう。

「痛むというのは、具体的にどのあたりですか？」

「腿《もも》や二の腕、背中などでしょうか。特に田畑でかがむときなど、強い痛みが走ることがございます」

「なるほど……農作業による筋肉の疲労かな。ちょっと診させてくださいね」

「はい、どうぞ」

しゅるる、と。

サキは手慣れた動きで、ジュバンを脱ごうとする。いきなりのことで、グレンが止める暇《いとま》もなかった。

サキの上半身が露《あらわ》になる。ためらいもなく胸をむき出しにして、腹のあたりまで全て見えてしまった。グレンは慌てて目を覆《おお》いながら。

「あっ、と、と！　サキさん、脱がなくて大丈夫です！」

「そうなのですか？　しかし、診察するには——」

「東とはやり方が随分《ずいぶん》違いますから。場合によっては脱いでもらう必要もありますが、今は大丈夫です」

焦《あせ》りながらグレンが言う。

人間領では診察時に脱がせる医者も多い。卑猥《ひわい》な目的ではなく、単なる慣習であるが——とにかく兄嫁の裸体《らたい》を見てしまうのは、ソーエンに申し訳ない。

「身体を楽にしてください。とにかく、触診《しょくしん》から始めようかと」

「はい——よろしくお願いいたします、弟君」

ジュバンを直しながら、サキは丁寧に言う——のだが。

穏やかな物腰に対して、その目がまったく笑っていない。元より隙《すき》のない女性であるが、少しだけ怖い表情に思えた。

それが、グレンには少しだけ気にかかった。

「凝《こ》ってますね——」

グレンの寝所にて。

横になったサキに、グレンは触れていく。

ふくらはぎ、太もも、それから背中にかけて——サキの肉体は、鬼らしく引き締まった筋肉がついていた。

だがそのどれもが硬い。

「やはり、そうですか」

「鬼は肉体に恵まれているはずです。なのにこの筋肉の硬さ……ここでの農作業はかなり過酷《かこく》なものだったのでは？」

サキの太ももを揉《も》みながら、グレンが問う。

丈《たけ》の短いジュバンしか着てないので、太ももが露になっている——ともすればその先まで見えてしまいそうだ。東の女性は下着をつける習慣もない。この薄布の向こうに、兄嫁の裸体があるという想像を、グレンは理性で押しとどめた。

サキはあくまで、不調の相談に来ているのだ。深夜ではあるが、グレンは医者としての自分の使命を思い出そうとする。

「最近は、ようやく田畑から作物も取れるようになりました。しかし昔は雑草が生え放題の固い土で——私たちは、人ならぬ力を用いて、土を均《なら》すところから始めねばなりませんでした。

ここに集まったものが魔族だからできたことです」

「――熱が出たことはありませんか？」

スィウは、身体を酷使《こくし》すると熱を出す。

それは鬼特有の筋肉を使うことによって、人間よりも多量の熱が身体にたまった結果であった。同じ鬼なので、サキにも同様のことが起こり得る。

「ふふ。弟君。私も鬼に変わってから、もう十五年ほどになります。昔は大変でしたが、今では熱の出ない身体の使い方を心得ておりますわ」

「それなら――いいのですが」

サキの年齢はいくつなのだろう。

見た目は若々しく見える。しかし『鬼変病』――鬼の特徴が現れるのは、十二歳から十六歳ころ。男女の性差が強く表れる時期に、角が生えることになる。

そうだとすれば、サキは三十路《みそじ》前後――ソーエンよりも年上だ。

「弟君は、私のことが気になりますか？」

「ええ。それはもちろん――義姉になるわけですから」

「まだわかりませんよ。『鬼変病』のおかげで、私は家族とも離れました。ソーエン様が本当に私と添い遂《と》げるかは……」

「いいえ」

グレンは首を振る。

「一度決断したことはやり遂《と》げる兄です。良くも悪くも」

「さすが弟君。よくわかってらっしゃるのね」

寝そべりながら、サキは感心したようにそう言った。

「――お身体ですが、やはり筋肉が硬くなっているようです。長時間労働のためかと」

「やはり……」

「ちなみに今日は何を？」

「主に畑の雑草取りと……あと山菜を採って参りました」

「なるほど……」

重労働だ。グレンたちに食べさせるためにひと働きしてくれたのかもしれない。サキへの感謝がまた一段と深くなる。

「本当は僕がマッサージできたらいいのですが――筋肉のこわばりはかなり深刻です。僕は整体が専門ではないので……十分な施術はできないかもしれません」

「まあ、そうなのですか？　ソーエン様から、弟君はリンド・ヴルム一《いち》の名医だとお聞きしておりました」

「兄は絶対に、僕をそんな風に褒《ほ》めませんせん」

サキの気遣いは嬉しいが、さすがにお世辞《せじ》が過ぎる。

「東の按摩《あんま》師に診てもらった方がいいかと思うのですが——」

「申し訳ありませんが弟君。東では、鬼は医者に診てもらえません。無論、按摩も同様に仕事を受けたがりません。鬼を診たら評判に関わると」

「ああ、そうでしたね——」

グレンは頭を抱える。

これが差別だ。病《やまい》や怪我は差別せず誰にも襲《おそ》いかかるが——人間はそうではない。この地で、鬼になったものはどれだけ生きづらいことだろう。

人間領の変革は兄に任せるとして——。

「やはり僕がやるしかないか……」

「按摩が苦手というなら、弟君、針などはいかがでしょう」

サキは、懐《ふところ》からなにかを取り出した。

細い金属——その先端が、ろうそくの明かりに揺らめいてきらりと光る。

「針ですか」

「はい。ソーエン様が勉強中とのことで……たまに自分の身体に刺してらっしゃいます」

グレンは唸《うな》る。

針による治療——その場合、人間領では鍼《はり》と書く。人体に痛みのないほど細い針を突き刺すことで、筋肉の緊張を緩和《かんわ》する。同時に、血行促進、疲労回復、ひいては『気』の流れをも改善するという。

だが、グレンはそれに懐疑《かいぎ》的であった。

そもそも『気』の概念自体が、西の魔術と同様、クトゥリフが技術として認めていないものの一つだ。気を調整して体調を整える、という考え方そのものを嫌っていた。

ゆえに。

「すみません。鍼治療……僕は独学なので。あまり自信が」

「けれど、知識はあるのでしょう？　構いませんよ、私は。このままだと、痛くて痛くてどうにかなってしまいそうで——」

サキが横になったまま、眉根を寄せて言う。

「……わかりました」

痛みを取り除くのがグレンの仕事である。

義姉がつらいと言っているのを見捨てるわけにもいかない——東洋医学はクトゥリフから教えてもらった技術ではないが、文献《ぶんけん》も相当量を読んだ。

「やらせてください。鍼は兄さんの部屋に？」

「いいえ、一式、持ってきております」

「え？」

グレンが戸惑《とまど》う間に。

サキは立ち上がり、ジュバンの胸元に手を入れた——躊躇《ためら》いのないその動きで、サキの胸が半《なか》ば露になる。グレンは慌てて目を背《そむ》けた。

サキは折りたたまれた小さな布を取り出した——この中に針が入っているのか。いったいジュバンのどこにしまっていたのだ。

「どうぞ、弟君」

サキはにっこりと笑う。

グレンが布包みを受け取ると——それはまだサキの体温で生温《なま》かかった。どう考えても、さっきまでサキの地肌に触れていたものだ。開けると——数十本の、細い細い針が並べられている。

「——どうしましたか?」

「いえ、あまりに用意がいいので……」

そこまで鍼治療をしてほしかった?

義姉の考えが読めないまま——グレンは首を振る。サキは清楚《せいそ》で優しい女性だ。ソーエンに付き従っているのだからそうに決まっている。変なことを企《たくら》むはずがない。

「消毒液の準備をしますね」

グレンはそう言って、黙々と治療を進めるしかないのだった。

針の消毒を済ませる。

再び寝そべったサキ。またジュバンをはだけ、上半身をむき出しにしていた。

本来は針を刺す部分だけ脱いでもらえばいいのだが、サキはこの方がラクだという。

「お願いいたします」

サキの言葉に、グレンは頷いた。

鍼治療は、要するに以前、苦無《くない》に施《ほどこ》したツボ押しと同様、人間領の医学である。適切な位置、角度で針を刺していけばいい。サキからもらった針は細く、痛みはほとんどないはずだ。

だからグレンは、冷静に治療を進める。

上裸《じょうら》の兄嫁にはなるべく心を動かされないようにしながら――。

「では――順番に刺していきますね」

「はい……」

消毒した針を――精神を集中させながら、ゆっくりと差し込んでいく。

「あンッ！」

「っ」

艶《なま》めかしい声がサキから漏《も》れた。彼女の身体が一瞬、ぴくりと震える。

「痛かったですか？」

「い、いえ平気です。ただ少し敏感になってるようで――」

「申し訳ありません。本来、針は痛くないはずなのですが、気をつけます」

そう言いながら、グレンは思う――今の針の差し込みは、自分ながら上手くいった。多少、肌に違和感を覚えることはあっても、声が出るほどのものではない。

（針が効《き》きすぎてる……？　そんなに効果が……？）

もう一本。

ゆっくりと丁寧に、サキの皮膚《ひふ》に差し込んでいく。

「あひゃんッ！」

やはりサキが震える。

痛くはないようだが、反応は少々過剰《かじょう》だ。

「サキさん、あの、声をもう少し落としていただけると――」

東の人間領に、西で言うような『部屋』というものはない。

巨大な屋敷を、ショウジでもって仕切っているに過ぎないのだ。グレンの部屋での声は、ショウジで仕切った先にいる、サーフェやティサリアに聞こえていてもおかしくない。

「あ、は、はい。申し訳ありません……」

サキはそう言うが、息が荒い。まだ針を二本差し込んだだけだというのに――。

（鍼を実地で使ったことはなかったけど……こんなに劇的な効果が出るものなんだろうか――）

サキの反応を見る限り、やはり効果があるとみていいのだろう。それともサキの疲労がよほどのものだったから、これほど反応するのだろうか。

「続けますね」

悩みつつも、グレンは処置を続行した。

「んっ！　ひゃっ、あんっ！　んんっ！　んむっ！」

「さ、サキさん……」

針を刺すたびに、サキの身体が跳《は》ねる。

「す、すみません！　我慢《がまん》しているのですが……あの、弟君の手つきが……あっ、じょ、上手で……」

「上手であれば、刺された感覚はないはずなんですが……」

「ご、ごめんなひゃい……」

既にろれつが回っていない。

グレンは戸惑いながらも、また一本ずつ針を刺していく――。

「んっ、ふっん！　あっ、あんっ！　ふぅん……！」

「サキさん、周りに聞こえますから――」

「あっ、そ、そんな――弟君がこんなにするのに……っ！」

サキの発言は誤解を招きそうだ。

とにかくグレンは、早く済ませてしまおうと思った――もしこの声がサーフェやソーエンに

届けば、どのように受け取られるかわからない。

兄も自分もまだ結婚してないうちから、肉親同士での修羅場《しゅらば》など冗談にもならない。

「ふふ……まだ硬いですわね、弟君……？　もっとしてくださいませ？」

硬いというのは背中のことだろうか。

横たわったまま、顔だけをグレンに向けて、怪《あや》しく笑うサキだった。

（………？）

グレンにはサキの考えがますますわからなくなってきた。

反応が激しいのはてっきり、サキの疲労からだと思っていたが――もしかして、ほかに理由があるのだろうか？

だとしたら、どのような？

なにもしていないのに、グレンは間男《まおとこ》の気分だ。

「サキさん……もしかして、からかってます？」

「いえ、まさか、そのような――？　あんっ……お、弟君……そんな、ひゃふっ」

「ううん……？」

針を刺しながら、グレンは悩む。

サキの目的はわからないが――悪意からこんなことをするとは思えなかった。あのソーエンが認めた女性が、悪いことを企《たくら》むはずがない。

ソーエンは性根《しょうね》のねじくれた、計算高い男であるが、だからこそ自分にとって不利益になる女性と添い遂げることはない。

ソーエンの見る目を、グレンは信用していた。

「痛かったり、違和感があるのであれば、ちゃんと言っていただかないと……適切な処置ができない恐れがあります。過剰に反応するのも同様に、正確な治療が――」

「あっ、んんっ。そんな……気持ちいいですわ――本当ですよ？」

「なら、いいのですが」

鍼はちゃんと効果を示しているのだろう。

実際、サキは息を吐いて、リラックスしている。筋肉のこわばりがほぐれている証拠だ――

義姉の吐息《といき》が、少々艶めかしいのが気になるが。

「ふふっ……申し訳ありません。んっ、あんっ……！」

「――」

「ですが、悪いようには致しませんから……どうか身を任せて――」

「いや、この場合はサキさんに身を任せてほしいのですが……」

処置をしているのはグレンのほうである。

「この鍼で最後になります」

「は、はいっ、最後ですね……んっ、あんんっ、あっ、そんなに激しく――」

グレンは呆れながらも、最後の一本をサキの背中に差していく。

抵抗もなく、すっと針がサキの皮膚に差し込まれた。

「あ！　ああっ！　あああああんんんんっ！」

サキはひときわ大きな声をあげる。

これはいくらなんでも声が大き過ぎる――艶めかしい声のあげ方といい、演技だったのだろう。

さすがにこの声量では――この屋敷に泊まっているもの全てに聞こえてしまうだろう。サーフェやティサリア、そしてソーエンにも。

案の定。

廊下を駆けてくる音が聞こえた。蹄でも、這う音でもない――ならばおそらく。

「サキィィっ！　グレン！」

ショウジを開け放ち、ソーエンが部屋に入ってくる。

「お前たち、声をあげていったい何を――」

ソーエンは、動揺を隠さなかった。兄がこれほど慌てふためくのを初めて見た。

部屋に入ってきたソーエンが固まる。

先ほどまでのサキの大声を聞いていれば、誤解するのもやむなしであろう――しかし、ソーエンの目に飛び込んできたのは。

至極《しごく》まっとうな、鍼治療の現場である。

「――何を、しているんだ？」

「なにって、見ての通り、治療です」

サキはくすくすと笑っている。ああ、全てのこの義姉の思惑《おもわく》通りだったのだ――とグレンは今更気づいた。

「逆に問いますが、ソーエン様。なにをしていると思ったのですか？」

全てを仕組んだ淑《しと》やかな鬼が、寝そべったまま肘《ひじ》をついて、ソーエンを見つめているのであった。


「そもそもソーエン様が良くないのです」

グレンの部屋にて。

何故か正座させられていた――ソーエンが。サキは治療を終えて、腕を組んで仁王立《におうだ》ちしている。微笑みを浮かべているが、正座させられているソーエンは気まずそうな顔。

グレンも同様に気まずい。

兄夫婦の修羅場など、当事者でなかったらすぐに逃げだしたい。

「弟君と私が、良からぬことをしてると思いましたか？　貴方《あなた》は自分の婚約者や弟を、まったく信用していらっしゃらないと？」

「それは――そんなことはないが……だが、あ、あんな声が聞こえてきたら、誰だって思い違いをするだろう！　俺とて婚約者が……お前がなにより大事だ」

「婚約者が大事……ええ、そうでしょうとも」

サキは淡々《たんたん》と――だが気迫をにじませ。

「そんな貴方は、夕食の際、弟君になんとおっしゃいました？　誰にとっても婚約者は大事な相手のはず。ですが貴方は弟君に言ったのです。アラーニャ様は愛人で構わないだろうと。本人が望んでいるのだからそれでいいのだろうと」

「う――ぐ」

グレンはひたすら感嘆《かんたん》していた。

口喧嘩《くちげんか》では負け知らずのソーエンが、サキからは一切の反論を許されず、言われるがままだ。

それもこれも、浮気の汚名をおそれず、ソーエンを嵌《は》めたサキの行動力の賜物《たまもの》である。

「婚約者を愛人として囲ってしまえ――そのように言う貴方様にとっては、私もまた愛人で結構でございましょう？　妻ではなく愛人ならば、たとえ私が弟君と契《ちぎ》ったところでどうこう言われる筋合いはございません」

「いや、それは話があまりに――」

「私は構いませんよ。どうせ戸籍を剝奪《はくだつ》された鬼の身です。ソーエン様と夫婦として添い遂げるより、弟君とリンド・ヴルムで暮らすほうが気楽でしょう……それに、弟君のほうが可愛らしいですからね」

サキが。

グレンのそばにすり寄って、その肩を抱いた。

温かい吐息がグレンの耳にかかるほど顔を近づける。グレンは本能的に危機を感じた——兄に殺される、と。

だが。

「ぐっ……ぬっ、ぬう……」

ソーエンは正座したまま、ぎりぎりと歯を噛んでいた。しばらく屈辱《くつじょく》に身を震わせていたが——やがて。

「——すまなかった、グレン」

「えっ、兄さん!?」

ソーエンは、グレンに向き直り——手を床について頭を下げた。東風の、相当格式の高い謝罪の礼である。

「夕食の無礼は、詫《わ》びて撤回する」

「い、いいよ。一理あるのは事実だし——そ、それに兄さんに頭を下げられると、あとが怖いよ！」

「どういう意味だッ！　——いや、良いのだ。俺が悪かった。許せ」

グレンは脂汗《あぶらあせ》が止まらない。

結局、グレンは夫婦喧嘩に利用されただけのようだった。というより、兄弟揃ってサキの掌《てのひら》の上なのだろう。

「私からも謝罪を。申し訳ありません」

サキがグレンから離れ、ソーエンと並んで、頭を下げた。

「ソーエン様の非礼を改めて詫びると共に、この一計を黙っていたこと、なにとぞご容赦ください」

「い、いいえ、本当に大丈夫です。あと、サキさんの筋肉が固まっていたのは事実ですから。医者としてそれは治療しなければなりません」

「そう言っていただけると」

サキは微笑んだ。

「弟君の治療で、背中の痛みも軽くなりました。名医というのは事実のようですね」

「いえ、そんなことは」

「また機会があれば、お願いしたいと思いますわ」

サキの肉体が疲労していたのは本当である。

それを、兄を諌《いさ》めるために利用した――やはり改めて、兄にはこの女性が必要なのだと、グレンは確信する。

「グレン」

ソーエンが、深刻な顔で。

「詫びの証《あかし》、というわけでもないが――俺は一つ決めた」

「え？　兄さん……」

「どうあっても父上に、お前と嫁たちとの婚約を認めさせる。正直、父の許しなどなくてもよかろうと思っていたが……こうなった以上、俺も全力で協力しよう」

「ええっ、いや、いいよ！　兄さんに借りを作りたくない！」

反射的にそう答えるグレン。

サキが『どれだけ嫌われているのですか……』という目でソーエンを見る。ソーエンは気にした様子もなく。

「これは謝罪だ。俺が借りを返すだけだ」

「いや、でも、許しを得るって……方法は……？」

「これから考える。ともかく、協力させてくれ、グレン。でないと――」

ソーエンはちらり、とサキを見て。

「ここまでしないと、本当に、サキをお前にとられてしまいそうだ」

グレンは啞然とする。

弟から見れば、兄夫婦はお似合いなのだが――当のソーエンは、サキを失うことをひたすらに恐れていた。

それはアラーニャを愛人などとは扱えないグレンと、ある意味では同じで。

やはり兄弟、よく似ているのだと思うグレンなのだった。

サキは——やはりなにを考えているのかわからない表情で、淑女《しゅくじょ》の微笑みをたたえているのであった。


「昨夜はお楽しみでしたね」

翌朝。

縁側で外を眺めていると——サーフェからそう言われて、グレンの身体はびしりと固まった。

「——いや、あの」

「冗談です。事前にサキさんからなにをするか、全て聞いていましたから」

「そうだったの!?」

グレンとしては隣のサーフェに聞こえるのではないかと、ハラハラしていたのだから。

「私だけでなく、ティサリアもですよ。というかそうでなければ、声が聞こえてきた時点で部屋に飛び込んで締め上げてますから」

誰を締め上げるのかは怖くて聞けなかった。

「う、うん——本当に、なにもないからね」

「わかってますよ。ちゃんとショウジの隙間から覗《のぞ》いていたので」

それはそれでどうなのだ――と思わなくもないが、ともかくサキは根回しも完璧《かんぺき》にしてくれていたらしい。

「家族の仲が良いに越したことはありません。それに、ソーエンの協力もとりつけられたそうじゃないですか」

「そうだね――まだどうなるかわからないけど、兄さんが味方なのは心強いよ」

兄は性格に難があるとはいえ、目的を遂行《すいこう》する男だ。彼がやると言ったからには、必ずやり遂げるだろう。

「それはなによりです。サキさんのやり方は……少々、手荒だったと思いますが、勉強になりました。夫の手綱《たづな》を握るのは大事ですものね」

「僕は今でも、サーフェに頭が上がらないけど……」

「そうでしょうか？　行く先々で色々な女と仲良くしてるのに――私が嫉妬しない女でよかったですね、グレン先生？」

しれっと言い放つサーフェだった。サキの治療中に、どんな形相《ぎょうそう》をしていたのか、想像したくないグレンである。

「とにかく、アラーニャさんとの結婚の許しを、なんとしてでももらうよ」

「ですってよ、アラーニャ？」

　サーフェが、屋根の上に声をかける。

「え？」

　グレンも慌てて、屋敷の屋根を見上げる——雨どいから、ひょっこりと、よく知った黒髪の女性が顔を出した。

「サーフェには敵《かな》わんなぁ」

　アラーニャは気まずそうな顔であったが、そのままますとんと降りてくる。

「……ずっと屋根にいたんですか？」

「まあ、ここならサーフェ以外にはそうそう見つからんし——でも、屋敷の中でやってることも聞こえたし、昨日の夜の声は、ちょっと吃驚《びっくり》しましたけど……」

　アラーニャが四本の腕を突き合わせて、照れたような仕草だ。

「あれはサキさんのせいです」

「わ、わかっとりますえ。ちゃんと最後まで聞いてましたから」

　アラーニャは顔を背けて、遠くを見る。

　里からは海が見える。海の向こうにはうっすらと、直近の大きな島——人間領首都へイアンが見える。

「それにしてもセンセは欲張りやなぁ。サーフェもティサリアもいるのに、妾まで欲しいなんて。でも」

けらけらと笑うアラーニャが——真面目《まじめ》な顔に変わり。

「お許しは——やっぱり、もらえへんやろうなぁ」

「……何故ですか。父の懸念《けねん》は『黒後家党』です。その宗教のご神体が、アラクニダという名前だからといって、アラーニャさんと関係あるはずが」

「関係あると言ったら？」

「っ——」

グレンは固まる。

アラーニャは寂《さび》しそうな笑みを浮かべていた。

「センセには言っておりまへんでしたな。妾が昔、東に来たのは——デザイナー修行のためもあるけど、もう一つ理由があったんや。それは行方《ゆくえ》知れずになった、妾の母を捜すこと」

「お母さん、ですか？」

「妾の母は盗人《ぬすびと》どす。よく男をたぶらかして、盗賊団を組織しては、欲しいものをなんでも奪っておりましたえ——そんな母と、今度こそ決別してやろうと思って、東を行脚《あんぎや》していましたのや。結局、見つからんかったけど」

でも、とアラーニャは髪をかき上げた。

「母は東にいた。おそらく『黒後家党』は、母の作った盗賊団の名残《なごり》。だから『阿絡尼陀』の名前が残っている」

「――」

「な、関係者やろ？」

グレンが声を呑《の》む。その間もアラーニャは続ける。

ちら、とサーフェを見たら、彼女の表情も硬かったが、驚いた様子はない――サーフェはとっくに知っていたのだ。このことを。

「十中八九、妾の母親が絡《から》んでいる。ならば妾も同罪や、そうそう許してもらえるわけはあらへん」

「でも――でも、それは」

グレンは言葉を失う。なんと言っていいのかわからない。

「センセ。どうか、妾なんかのために無理はしないでおくれやす――ね」

四本の手で、グレンの頬を包んで。

アラーニャは悲しげに、そんなことを言うのであった。

症例2　受粉のアルラウネ

アラーニャや『黒後家党《くろごけ》』の件はあれど――。

グレンはひとまず、ソーエンの隠れ里にて仮の診療所を始めていた。サーフェや妖精たちの手を借りて、里の者の治療にあたる。

基本的に、人間から隠れるための里であるため、信用されないかとも思ったが――ソーエンの弟であることを、サキの口から住民に説明してくれたことで、グレンはあっさりと信用されていた。

里の人口は全部で五十名ほど。

半分は『鬼変病《きへん》』によって鬼になった者。他にはラミア、アラクネ、ハーピー、マーメイドなどがそれぞれ数名であった。東で細々《ほそぼそ》と生き延《の》びていた魔族たちには、やはり種族に偏《かたよ》りがあるのだろう。

ケンタウロスのように、東で名前のついていない種族は、里にもいなかった。

どの魔族も、鱗《うろこ》の模様や羽の色などが、西のそれと異《こと》なる。東で独自の発展を遂《と》げた亜種《あしゅ》の血筋であることがよくわかる。

シカに襲《おそ》われ怪我《けが》をした鬼を診察したり、熱を出した子どものラミアを看病したグレンであったが。

数件の診察、処置を行えば、治せる医者だという評判は広がる。ソーエンの弟、魔族専門医グレンは、瞬《また》く間に里で頼りにされる医者となった。

グレンは里でも医者の仕事をこなし、クトゥリフには手紙を出した。かなりの長逗留《ながとうりゅう》になること、リンド・ヴルムの診療所を開けられないことなどを伝える。

アラーニャを父に認めてもらうにはどうしたらいいか——ということも、ずっと考え続けていた。


「グレン。考えたのだが——」

昼餉《ひるげ》の時間。

東の名物であるソバを食べながら、ソーエンが言う。ザルに山盛りにされたソバは、サキが打ったものらしかった。

縁側《えんがわ》でソバを食べるのが東の風習である。サーフェやティサリアも並んでソバを食べていた。

箸《はし》を使えないティサリアがフォークを使っているのがシュールである。

アラーニャの姿は、やはりない。

部屋にいるのか、また屋根の上にでもいるのかはわからないが——顔を合わせると気まずそうに目を逸《そ》らすのは変わらなかった。

「やはり、『黒後家党』の懸念《けねん》を除くよりほかに、父上の許しは得られぬと思う」

「そう、なるんだね……やっぱり」

「今まさに、ヘィアンの民を悩ませている事案だ」

ソーエンはソバをすすりながら。

「父上は、人間領はいずれ変わると思っておられる。『鬼変病』の者が存在を許され、魔族との結婚が認められ、魔族との商取引がもっと広がる。そういう世になる」

「いや、それ兄さんがやるんでしょ」

「そうだ。だから父上とて、今更《いまさら》、お前が魔族と結婚することには異論はない」

ソーエンは器《うつわ》に残ったツユまで余さず飲み干す。塩分が多くて体に悪そうだ。

「父上の懸念はただ一つ、リトバイト家が、世を騒がす邪教と繋《つな》がりがあると思われることだな。まあ、いずれにしろ商売に影響が出るようなヘマはしないが」

「ですがソーエン様は、帳簿の数字だけ見て、他はお構いなしですから」

器を下げたサキが、冷たく言い捨てる。ぬう——とソーエンの眉間《みけん》の皺《しわ》を深めた。

「サキの言う通りだ。父上もその辺りを懸念されておられるのだ——仮に商売が無事だったとしても、人から悪い評判を受けるのを避けたいのだろう」

「なるほどね――」

　商売において大事なのは信頼、というのがビャクエイの持論だ。信頼を失いかねない悪評を嫌っているし、それは長期的には商売にも差し障《さわ》る。

　とはいえ、グレンは街医者。

『黒後家党』などという邪教をどうにかできるとは思えない。しかも話を聞けば盗賊《とうぞく》まがいの荒くれ者集団らしい。

「ヘイアンで盗賊行為をしてるのに、元老警固《けいご》役は動いてないの？」

「無論動いている。元老からも俺が対処を命じられていてな……」

　しれっと重要なことを言うソーエン。いつの間にか東の行政機関において重要な地位に就《つ》いていたらしい。『黒後家党』をなんとかする――というのは、ソーエンの仕事の手柄《てがら》を増やす意味もあるのかもしれない。

「だが、連中の拠点《きよてん》や集会などは、一度も摘発《てきはつ》できた試しがない。連中は仮にも宗教を名乗っている以上、ご神体を拝《おが》む、祈るといった、なにかしらの儀式をしてもいいはずなのだが――」

「集会がないって、そんなことあるの？　盗賊なら徒党を組んで、襲ってくるでしょ」

「逆だ」

　ソーエンは、鋭い目で。

「連中は、徒党を組んでから盗むのではない――盗む予定の商家へと、どこからか集まってくるのだ。そして対処に困っているうちに、目的のものを盗《と》って四方八方へ逃げていく。クモの子を散らすように……逃げる時も方向はバラバラだ。おかげで拠点の位置がさっぱりわからん」

「そんなことできるの？」

「連中はやっている」

ソーエンは歯嚙《はが》みした。心底忌々《しんそこいまいま》しげであった。

「そんな連携《れんけい》のとれる集団ならばなおのことだ！　普段から一つ所に集まり訓練ないし打ち合わせをしてなければ、あんな統率《とうそつ》された動きができるはずがない！」

「ふむ——」

話を聞いていたティサリアが——彼女は縁側に器用にその馬体を横たえている——口元をナプキンで拭《ふ》きながら、頷《うなず》いた。

「わたくしも訓練は従者と一緒に行いますわね。ケイやローナとも、普段から訓練しているからこそ、円滑に連携できるものですから」

「新興宗教なればこそ、一体感は必要です」

ティサリアの言葉を、サーフェが引き継ぐ。

「魔族の暗殺者も、かつては同じ麻薬を服用して、意図的に集団幻覚を引き起こし——それによって組織の一体化を図《はか》ったといいます。ネイクスの里ではそんなことはしませんが、ともかく……共同生活や儀式などで一体感をつくることは、反社会的集団には不可欠でしょう。それが宗教であるならばなおさら」

「その通りだ。連中が組織である以上、拠点はある。なんらかの手段で心を一つにし、連絡を取り合っているはずだ――それが摑《つか》めんのだが」

ソーエンは難しい顔だった。

ずる賢《がしこ》さという意味も含んだ知略において、ソーエンを上回る者はそうはいない。『黒後家党』が単なる賊の集まりではないということだろう。

アラーニャならば、なにか知っているだろうか。

『黒後家党』は、アラーニャの母が東で活動していた時の残党だろう――というのが、アラーニャの推測《すいそく》であった。だが、アラーニャの立場をさらに悪くしそうなこの情報を、グレンはソーエンには伝えていない。

「こちらから追えないならば、来てもらうほかない」

「え……え？」

「連中は珍《めずら》しい品々を狙《ねら》っているそうだ。特に西から渡ってくる、魔族由来《ゆらい》の珍品《ちんぴん》などが好まれるという。幸い、スィウにサキ、ティサリア殿もいるのだから――おびき出して一網打尽《いちもうだじん》にするというのはどうだ」

「ええ――」

グレンは顔をしかめる。

『黒後家党』をおびき寄せて捕まえる。危険ではあるが、同時にいかにもソーエン好みの手法だと思った。

「悪辣《あくらつ》な賊徒《ぞくと》を呼び寄せ、一挙に摘発！　いいですわね！」

「正義感に溢《あふ》れる姫が調子に乗っているようですが、手段はあるのですか？」

毒を交えつつ、サーフェが聞いた。

「――――ない」

ソーエンが渋面《じゅうめん》で、正直に言った。

「……僕もなにか考えておくよ。魔族にまつわる珍しい品物……ね」

「頼む」

ソーエンが短く告げた。

ソバの器を重ねながら、グレンは思う――ソーエンがグレンに頭を下げるなど、今までになかったことである。

サキをとられたくないために、ソーエンはグレンに助力すると宣言した。サキが関《かか》わると、ソーエンはプライドもかなぐり捨てるらしい。

「おぉぉ――――い」

などと考えていると。

聞き覚えのある声が聞こえた。低めな、だが艶《つや》のある声。何気ない挨拶《あいさつ》にさえ妙な色香が混じる。

遠くに見えたのは――男性の魔族たちに担《かつ》がれた巨大な球根であった。

「――アルルーナさん!?」

「ふう、年寄りに長旅は疲れるわい」

それは、人間領に到着するなり別れた、アルルーナであった。彼女の話では人間領を観光してまわっているということだったが――。

どっこいせ、という声と共に、巨大な球根が地面に降ろされる。球根の先端から花が咲き、一糸まとわぬ緑色の肌の肉体が出てきた。

「お待ちしておりました、農場主さま」

「アルルーナでよい。お主がソーエンか。うむ――いい顔をしておるのう」

「……？」

話が読めない。

グレンがそう思っていると、アルルーナはけらけらと笑う。ソーエンがグレンに目を向け。

「……聞いてないのか？　グレン」

「わしは家族旅行の最中じゃが、この里にしばらく滞在することにしておったのよ。こちらには魔族を泊める宿は少ないし――なにより家族が多いのでな」

「家族が多い……？」

グレンが首を傾《かし》げる、と。

里の向こうから、アルルーナ配下の男たちが、続々と球根を運んできた。球根の大きさはアルルーナの半分ほど――しかし数が多い。十、二十、どんどん増える。

ぽん、ぽん、ぽぽぽぽんっ！　と球根から花が咲いていく――アルルーナと同じ身体構造を持つアルラウネたちが、次から次へとその姿を見せた。

「――――ッ」

グレンは慌《あわ》てて鼻と口を覆《おお》う。催淫《さいいん》を伴《ともな》う匂《にお》いを感じたからだ――グレンは以前、花粉によって自由を奪われ、アルルーナに狙われた過去がある。

「お母様？　着いたの？」「いい里ですね、梅がキレイ」「それに男も」「ええ、男性も」「お医者様に会うのは初めてかしら？」「可愛《かわい》らしい子ね。あら、こちらのイイ男は？」「ふふ、男ね」「男」「男がいるのはとてもいいわね」

「これこれ、着いたばかりで姦《かしま》しいぞ」

全部で三十個ほどの球根から、声が上がる。

全《すべ》てアルルーナと瓜二《うりふた》つな――しかし一回り小柄な少女たちであった。顔立ちもそっくりである――昆虫系や植物系の魔族は、人間とかけ離れた身体構造をもっており、顔による識別は難しいことも多い。

それにしてもよく似ている。まるで姉妹か、あるいは――。

「うるさくてすまぬな、これ皆、わしの娘たちでな」

「娘……」

そういえばサーフェが言っていた。アルルーナは子沢山《こだくさん》だと。

「しばらく世話になるぞ、ソーエン。くふふっ」

ソーエンが無言で頭を下げる。話は通っていたらしい。アルルーナの娘たちは、ひそひそ声でなにかを言い合っている。その視線は全てグレンか、ソーエンに。

つまりこの場にいる男に向けられている。

「こやつらはわしに性格がよく似ていてな」

アルルーナはまったく申し訳なさそうに告げる。

性格が似ているということは――それはつまり、男好きな性格もよく似ているのだろう。そう思ってしまうほどに、アルルーナの娘たちの視線は情熱的だった。

「…………………っ」

サーフェが尻尾《しっぽ》をグレンの胴に巻きつけた。

きっ、とアルルーナの娘たちを睨《にら》む。

「…………っ♡」「うふふ♡」

アルラウネたちはそんな視線を受けても、どこ吹く風で笑い合っているのであった。

「では改めて、リンド・ヴルムの農場主、アルルーナじゃ」

屋敷に上がったアルルーナは、そう言ってソーエンに挨拶した。蔓《つる》を伸ばして出された茶を飲んでいる。

「ソーエン・リトバイトでございまする。商売ではお世話になっておりますが——顔合わせは初になりますな」

「うむ。いけめんじゃの」

早速口説《さっそくくど》き出す。

蔓を伸ばして、ソーエンの頬《ほお》を撫《な》でるアルルーナだった。サーフェがはあ、と額《ひたい》を押さえてため息をついている——アルルーナの悪い癖《くせ》だ。

「どうじゃ、お主、わしのはーれむに加わらぬか」

「はは。魅力的な提案でございますが、婚約者が怖いもので。薙刀《なぎなた》を持たせると、これが非常に恐ろしい女なのですよ。ですので辞退させていただきます」

ソーエンは涼しい顔だが、グレンは気が気ではない。

なにしろソーエンの後ろに控《ひか》えるサキが、本当に薙刀を持っている。薙刀の先端は革《かわ》の鞘《さや》に納められているが、物騒《ぶっそう》なことこの上ない。

顔は笑顔であるが、ソーエンに色目を使うアルルーナを良く思っていないのは確実だ。

兄嫁にして鬼嫁である。

「なんじゃ、そうか。残念じゃのう」

「とはいえ、里では歓待させていただきます。曼殊沙華《アルラウネ》のアルルーナ様」

「うむ。娘たちともども世話になる――とはいえ食事は要《い》らぬよ。我々は水と日光で生きてゆける。この小さな里に大勢で押しかけて、食事まで用意してもらうのは申し訳ないからの」

「かたじけなく存じます。見ての通り小さな里でして」

人間領では、魔族が安心して過ごせる場所はそう多くない。人間領観光をするにしても、宿泊はこの里でしたほうがいいということだろう。

扇《おうぎ》を開いて顔を隠しながら、アルルーナはグレンたちも見回した。

「それにしても……若医者たちもまだここにおったか。結婚の挨拶は済ませたものとばかり」

「それが――ですね。まだ許しをもらえてなくて」

「ふむ？」

アルルーナは首を傾げる。

「グレン先生、アルルーナ様に話してみては」

サーフェがグレンに耳打ちした。

「アラーニャとも仲が良いですし……まあ、男狂いな部分はありますが、長く生きている方です。いい知恵を貸してもらえるかも」

「う、うん――」

サーフェのアドバイスに従って。

グレンはここに滞在している理由を、簡潔《かんけつ》に話した。『黒後家党』のこと、父から許可をもらえていないこと。アラーニャの母と『黒後家党』の関係を除いて、アルルーナに全て話す。

「ふむぅ。『黒後家党』の噂《うわさ》は、ここに来るまでにも聞いたな。主にヘィアンで活動しておるらしい――」

「不愉快《ふゆかい》な話を、アルルーナ様のお耳に入れたこと、謝罪いたします」

「お主、顔はいいのじゃから、権力者にへつらうのやめたらどうじゃ？」

ぶふっ――とサキが噴《ふ》きだした。ソーエンは図星を突かれて、難しい顔になる。

「さて、『黒後家党』をおびき寄せるという話じゃったが」

「は、はい」

「そうさな。今の季節は春――我らアルラウネも受粉の季節を迎えておる。特にわしと、わしの家族は、数年に一度の集団開花の時期じゃ」

ぬっ、と。

アルルーナが蔓の先にできたつぼみを見せる。つぼみからは蜜《みつ》があふれ出しており、そのまま

まぐぱぁ――と花が咲いた。

蜜を垂《た》らして開花する様《さま》は、まるで大口を開けてよだれを垂らす肉食獣のようだ。

「この時期は大変でのう。なんでもかんでも受粉してしまう。わしの血を濃く受け継いだ娘たちも同じじゃ。蜜が溢れて止まらぬわ、蜜目当てのハチがむやみに花粉をつけてくるわ。おかげで邪魔になる果実ばかり孕《はら》んでしまう」

アルルーナは、別の蔓に生《な》っている果実を見せた。真っ赤な実はリンゴに似ているが——見るからに重そうだ。成長すればなおさらだろう。

「すみませぬアルルーナ様。無学な私には話がよく……」

「要するに集団発情期じゃ。わしは子作りが趣味での、やたらめったら子を作るが——その娘たちも同じように発情する」

「は、はあ——」

ソーエンは啞然《あぜん》としていた。

中庭で聞いているティサリアの顔が赤い。集団発情期なんて言葉を聞けばそんな反応になるのも無理はない。

だが、グレンにとってはよく知る現象だ。花が咲くというのは、つまり植物にとって子孫を残すための行為——生殖行為である。

普段から発情しているようなアルルーナだが、今は特にひどいのかもしれない。アルラウネが開花をすれば、様々な植物の花粉を受け取る——人間でいう性行為を行《おこな》う。それもアルラウネ本人が望まぬ形で。

「あー補足すると……アルラウネは特別、生殖に特化した生態をしています。集団開花もその現象の一つで、どんな種類の花粉も受け取って、自分の果実――つまり自分の遺伝子を残してしまいます。もちろん、人間や魔族の子種《こだね》でも同様です」

グレンはなるべく穏当《おんとう》な表現をする。

生殖に特化した身体《からだ》は、アルラウネ自身にとっても困りものだろう。なにしろ虫を媒介《ばいかい》にしているため簡単に受粉してしまう。勝手に身体に果実ができてしまうのだ。

受粉を繰り返すアルラウネは日常生活に不便を感じるのみならず、体内の栄養素を果実に取られてしまうため、健康上の問題も生じる。

植物系魔族の中でも、特に花――生殖器を中心に進化した種族。

それがアルラウネなのである。

「娘たちも集団開花は大変でな。リンド・ヴルムに迷惑をかけぬよう、東に男漁《あさ》りをしに来たというわけじゃ」

「……家族旅行の、本当の目的はそれですか」

「リンド・ヴルムの男どもを骨抜きにするわけにもいくまい。わしの娘たちが本気を出せば、男どもの精力が涸《か》れ果てる……労働力がなくなるぞ」

サーフェは呆《あき》れていたが、アルルーナにとっては深刻な問題なのだろう。彼女なりに家族思いなのも見て取れる。

東の労働力なら吸い尽くしていいのか、という問題はあるものの——一つの街で男を襲い続けるよりはマシだろう。

「若医者がリンド・ヴルムに帰っていなかったのは好都合じゃな。お主なら集団開花に対する対応も心得ておるじゃろ」

「え、ええまあ……あくまで対症療法ですが、それでよければ」

「もちろんじゃよ。娘たちがソーエンや若医者を襲う前によろしく頼む」

アルルーナ自身がグレンの寝所に忍び込んだこともあるのだが、それを棚上げして告げるアルルーナだった。

サーフェとサキの目が剣呑《けんのん》になる。

開花したアルラウネに対する処置は難しくないし、もちろんグレンにも可能だ——ただ、三十名を超えるアルラウネへの処置は重労働だと思った。

とにかく数が多い。

「副産物として蜜やら果実やらが山ほど手に入る。それを使うと美味《うま》い酒が作れるぞ。酒ができれば『黒後家党』を誘い出すのも容易じゃろ」

アルルーナは扇を煽《あお》いでそう言うのだった。

グレンは頷く——もちろん健康上、問題があるのだから、治療はする。その上で蜜や果実は、今のところアルルーナたちには不要なものだ。くれるなら有り難くもらいたい。

ティサリアは中庭で話を聞きつつ、剣の素振りもしている。彼女やスィウの力を借りれば、おびき寄せた『黒後家党』への対処は難しくないだろうと思えた。

「申し訳ありません——その、発情期、の対処というのは……具体的には？」

サキが問うた。

「乱交じゃ」

「えっ」

アルルーナの解答に、サキの顔が引きつった。

「そ、その……お客様にはくつろいで頂きたいのですが——み、皆様で乱交となると、あの、さすがに困るといいますか」

「違います違います！」

薙刀を持ったままサキが困っているので、慌ててグレンは訂正《ていせい》する。

「アルルーナさん、変な言い方はやめてください」

「なんじゃ。間違っとらんじゃろ」

「間違ってないけど正しくもないです！」

これはばかりはアルラウネならではの認識なので、正確に伝えるのが難しい。ここは医者としてグレンがわかりやすく伝えねばならない。

「えー……アルラウネの花は、受粉を目的として開きます。なので、受粉してしまえば開花は終わります――性欲を抑えるためには、受粉させてしまうのが一番です」

「つまり乱交じゃな」

「アルルーナさんの認識ではそうなりますが――他種族にもわかりやすい、もっと適している言葉があります。咲いた花を鎮《しず》めて、かつ種子《しゅし》形成もさせない――果実を実らせない方法が一つ……アルラウネの集団開花に対する療法は……」

グレンは指を一本立てて告げる。

「自家受粉、ということになります」


アルルーナたちの治療は、迅速《じんそく》に行うことになった。

集団開花、発情期の到来は、アルラウネたちにとっても喫緊《きっきん》の問題――しかし自家受粉をするために必要なものがいくつかある。

一つは、筆である。

花粉を採取し、アルラウネのめしべにこすりつける。本来は違う花同士で行われるそれを、同じ花――同じ株で行うのが自家受粉だ。

主として自家受粉を行う植物もあるが、それでは遺伝子が混ざらず、多様化しない。アルラウネは多種多様な遺伝子を取り入れることのできる生物であるが、そのため自家受粉しづらい構造になっている。

自《みずか》らの花粉で受粉すれば、花は閉じ、種子形成には至《いた》らない――アルラウネの特徴を逆手《さかて》にとった治療法である。

――アルルーナは『乱交』と表現したが、どちらかといえば自慰《じい》行為に近いだろう。あくまでも人間の場合に喩《たと》えたら、だが。

自家受粉の作業自体は、グレンには難しくない。

しかし花粉をつけるのに適切な道具――筆のようなものがあると効率がいい。

サキに聞いたところ、里には筆はほとんどないという。字を書ける者も少数だそうだ。ソーエンが用意してくれるというが、衛生の観点からなるべく墨《すみ》などの付着していない、新しい筆がいい。

他にも、アルラウネの要《い》らない蔓や果実を剪定《せんてい》するためのハサミが必要だ。アルラウネの蔓は太く頑丈《がんじょう》で、園芸用のハサミでは切れない可能性もある。

「アラーニャなら持っているのでありませんか？」

そう言ったのはサーフェだった。

確かにデザイナーのアラーニャであれば、筆やハサミを持っているだろう。助力を乞《こ》うために、グレンは里で彼女の姿を捜していた。

果たして。

アラーニャは里の隅《すみ》で、アラクネの子どもと一緒にいた。

「そうそう、くるくる回せば糸が縒《よ》るさかい……それを集めて、丸めて、はい……そうそう、はい、できた」

「あらーにゃ様みたいに、できない……」

「そんなことあらへんよ。つむちゃんは筋《すじ》がええから、すぐ覚えますやろ。この毬《まり》はお手本にあげるから、お家《うち》で練習するとええよ」

「ありがとう、ございます」

アラクネの子どもと、なにやら話している。

どうやら毬の作り方を教えているようだった。アラーニャは柔らかい微笑《ほほえ》みを浮かべている。

「っ！」

――と。

アラクネの子どもが、グレンに気づいた。そのままぴょんと飛び跳《は》ねて、逃げていってしまう。

警戒《けいかい》されたか――とも思ったが、里ではグレンが医者であることは知られているから、単に内気な子どもなのかもしれない。

「あら、センセ」

アラーニャは髪をかき上げながら。

「見つからんように、つむちゃんと遊んでたんやけどな」

「つむちゃん……さっきのアラクネの子ですか？」

「ええ。お名前はつむぎちゃん。親のいない絡新婦《アラクネ》で、サキさんに引き取られたんやけど……糸の使い方がわからんそうで……だから妾《わらわ》が教えてましたのや」

「そうでしたか――子ども好きなんですね、アラーニャさん」

「別に」

アラーニャの言葉は素《そ》っ気《け》ない。

だが、このアラクネの言葉と心がよく食い違っていることを、グレンは知っている。その証拠にアラーニャはいつまでも、つむぎが逃げていったほうを見つめている。

「ただ、糸の使い方は親に教わるもんやから……親がいないなら、誰かが教えてやらんとあきまへんやろ」

「やっぱり優しいじゃないですか」

「もう。褒《ほ》めんといてセンセ。くすぐったくて死にそうどす」

本当に褒められるのが嫌だと言わんばかりに、アラーニャは身をよじる。

「ま、妾も親からは教わっていないんやけどな」

「そうなんですか？」

「子育てなんて考えへん母親どす。アラクネとしての技《わざ》を教えてくれたんは『荒絹縫製《あらぎぬほうせい》』代表のクローデット様や。デザイナーとしての師匠《ししょう》やし」

「なるほど……」

アラーニャは仕事熱心な女性だ。

それは『荒絹縫製』、ひいては代表のクローデットに対する恩返しでもあるのかもしれない。

「ところで、アルルーナ様がいらしたみたいやね？　娘さんも連れてみんなで。家族旅行とは聞いとったけど……ここに来るなんてなぁ」

「え、ええ」

「花蜜《かみつ》のお酒作るんやって？」

何故《なぜ》かもう知っているアラーニャだった。

「はい、アルルーナさんたちに治療の代価として……蜜や果実を提供していただけるとのことで」

「なるほど。お酒は妾も興味があるけど……」

アラーニャは首を振って。

「それで『黒後家党』をおびき寄せる、ってことやな。珍しいものを集めとるんやろ。妾の母も、魔族領の珍しいお酒とか、好きやったからな」

「はい、それで――」

「でもな」

アラーニャは短く告げる。

「母は、欲しいもののためなら手段を選ばへんお人やった。センセ。本当に気をつけてな。『黒後家党』のせいでセンセになにかあったら――妾はどう詫《わ》びればいいかわかりまへん」

「お母さんと、話はできませんか。アラーニャさんがいれば――」

「無理無理」

アラーニャは四本の腕を広げて、呆れたポーズ。

「娘だからって言うことを聞くような母親やあらへん。それにな、きっと『黒後家党』は残党なんや。主犯の母はもういない――母が指揮を執《と》っているなら、もっと静かに、組織の名前も表に出ないように活動しているはずや」

「そういうものですか……」

「そ。なにがあっても表に出ない。今頃とんずらしとるやろ。『黒後家党』は母にたぶらかされた男たちが、母に帰ってほしくて活動しとるんやない？」

身内であるアラーニャの情報なら、信用できるだろう。

だが、彼女の表情はどこか寂《さび》しげだった。それを見て、グレンは思う。

「……お母さんに、会いたいですか」

「母に？　――せやね」

アラーニャは手が暇《ひま》なのか、四本の手で糸を丸めていく。つむぎに渡したのと同じ、手毬を作っているのだろうか。

「会おうと思ったことはあるんどす。東に来る時に話したやろ。昔、デザイナー修行で人間領に来てたことがある……って」

「あ、はい、伺《うかが》いました──」

「デザイナー修行もホントやけど……実はな、もう一つ目的があったんや。母が東のどこかにいるって噂を、聞いたんどす」

糸がどんどん丸くなり、綺麗《きれい》な球を形作っていく。

「だから、母を捜すために人間領を回ってたんや……結局修行中は、噂の一つも聞くことができんかったけど」

「それは──やはり、会いたくて？」

「ええ」

やがて、毬が完成する。

アラーニャは作り上げた毬を──大きく振りかぶった。

「よくも妾を放って、好き勝手生きやがって……」

アラーニャは唇《くちびる》を噛《か》んで。

「二度と妾に近づくな、このアバズレ──って絶縁状を叩《たた》きつけてやるつもりだったんどす！」

毬をぶん投げるアラーニャ。

毬は遠くに転がっていく──かと思いきや、二、三度跳ねてから戻ってくる。よくよく見れば、アラーニャは毬に糸を繋げていた。

「結局、母は見つからへんかった。二度と顔見せるな、っていう文句も、会わないままやと伝えることもできまへん。きっとその頃は、東で秘密裏《り》に『黒後家党』を作って悪行三昧《あくぎょうざんまい》やったんやろね」

「──そう、でしたか」

「だから今回も、母は適当なところで行方《ゆくえ》をくらまし、今、動いているのは残党なんどす」

アラーニャは糸を手繰《たぐ》って、毬を手元に戻す。

「妾はセンセに、危ないことをしてほしくない。『黒後家党』は妾がなんとかせんと、とは思うし、叶《かな》うなら母に絶縁状を突きつけたい……でもその過程でセンセが傷つくのなんて、絶対に見たくないんどす」

毬をじっと見つめて、アラーニャはそう言った。

「妾と『黒後家党』に繋がりがあることは間違いない。センセ。お父上の許しが欲しいのわかりますけど、どうかどうか、妾のために無理はしないでほしいのや」

グレンの手を取る。

切実なアラーニャの心が伝わってくる。アラーニャにとって恐ろしいのはグレンと結婚できないことではなく、グレンが傷つくこと。

犯罪集団『黒後家党』と対峙《たいじ》するのは、確かに危険を伴《ともな》う。

「何度も言うておりますやろ。妾はセンセにとって都合のいい女でいい。愛人でいいと」

「――アラーニャさん」

それは。

アラーニャなりの心の防衛だったのだと、グレンは今更ながら気づいた。盗人《ぬすびと》の娘が、いつかグレンに迷惑をかけるかもしれない。その時、深く愛し合っていれば、そのぶん傷も深くなるから。

だからアラーニャは言う。

愛人でいいと――身軽なままでいたいと言う。

「僕は、愛人でいいと思える方と、結婚するつもりはありません」

「へぇ――」

グレンの決意に、けれどアラーニャは。

どこか遠い目で――気のない返事をするのみであった。

「そんなセンセも好きやけど――妾のことはどうか、もっと雑に扱っておくれやす」

「っ……」

あくまでも自分を貶《おとし》めるアラーニャに、グレンはなにも言葉を返すことができないのだった。

筆とハサミは用意した。

筆は新しいものを。ハサミは厚手の布を断つ大きめのものを。どちらもアラーニャから借りたものだ。

『黒後家党』をおびき出す案にアラーニャは賛成していなかったが――それでも道具を貸してくれたのは、アラーニャなりの誠意だろうか。

「先生、先生？」「早く治療してくださいな」「果実が重いの。とっても」「私なんか、もうずっと身体がうずいてしょうがないの」「蜜が溢れて止まらないわ」「人間領の男娼《だんしょう》にお相手してもらったけど、それでも全然収まらないのよ」

里に建てられた東屋《あずまや》の一つにて。

部屋の中にいるアルルーナの娘たちが、口々に言う。

正直グレンには顔の区別がつかない、頭部の葉っぱで目は隠れているし、顔立ちは母親であるアルルーナにそっくりだ。性豪《せいごう》であるアルルーナが、あちこちで作った娘たちなのだろう――全員きっちり育てているのが、金持ちのアルルーナらしい。

娘たちの違いといえば、せいぜい頭部や、蔓の先に咲いている花の色くらいのものである。色とりどりの花が咲き乱れるさまは、あたかも花畑のようだ。リンド・ヴルムの花街《はなまち》を思い出すグレンだった。

花は――見事に咲いている。

「うーん……」

女性陣に詰め寄られ、グレンは唸《うな》る。以前アルルーナの蜜を絞《しぼ》った時は、治療どころではなかった。なにしろ理性を奪う花粉を撒《ま》かれたのだ。

花粉対策のため、グレンは布で口元を覆っている。

これだけの数のアルラウネが、密閉された部屋で過ごしている。普通の男であれば自由を奪われ、アルラウネたちの性の餌食《えじき》となるだろう。防護は必須《ひっす》である。

「すまんの。わしの娘は数え切れぬほどいるが、アルラウネの種族として生まれ、特にわしの遺伝子を受け継いだのはここにいる娘たちよ。我が娘たちながらどうしてこんなに好色に育ったのやら……」

「お母様のせいでしょ！」「やみくもに家族を増やして！」「セックスできれば後のことはどうでもいいのね！」

「母を悪く言うでない。だからこうして家族旅行に来たではないか」

例《たと》えば。

竹などは、竹林で一本ずつ生《は》えているように見えて、その実、地中では根が繋がっている――一株の竹である。株分けをしても同じ遺伝子を持っており、数十年に一度、一斉《いっせい》に花が咲く。花が咲いた後は、役目を終えたとばかりに竹林全てが枯死《こし》するという。

アルラウネも似たようなものだ。

アルルーナから生まれた娘たちは、開花の時期を同じくする。開花によって枯れることこそないものの——発情期の彼女たちは、積極的に受粉、交尾を求める。

この場合、枯れるのは求められた男たちのほうだろう。

（……アルラウネには、絞首刑《こうしゅけい》になった罪人の精液から生えるという伝説もある。彼女たちが性欲旺盛《おうせい》で、男の体液を絞り取ることから生まれた言い伝えかもしれない）

とはいえ、対応はできる。

そのための医者だ。グレンと同じくサーフェも筆の準備をしていた。

「グレンが全員の相手をしてくれてもいいぞ」

「いや、無理です」

グレンは即答した。間違いなく死ぬ。

比喩《ひゆ》ではなく、全身の体液を絞られて死んでしまう。

「アルルーナさん、準備できました。始めても？」

「うむ、よかろう」

「それでは」

グレンが筆を手に取る。筆は未使用の新品である。

「治療を開始します。えーと、まずは君から」

「ひゃ、ひゃい、よろしくお願いします！」

一番近くにいたアルラウネに呼びかける。球根が小ぶりなので、まだ幼《おさな》いアルラウネなのかもしれない。

　鮮やかな黄色の花からは、蜜の甘い香りが漂ってくる。

「では始めますね」

　グレンは。

　筆の先でもって、優しく黄色い花の先端に触れる――花の部位《ぶい》でいう葯《やく》、おしべの先端である。

「あっ、あっ♡　んぅっ」

　アルラウネが悶《もだ》える。だがグレンは止《や》めない。

　花の先端を筆でこそこそと擦《こす》って、筆の先に花粉をつける。

「んひゃぃいっ！」

　花から筆を抜いて、グレンは先端に花粉がついていることを確認した。

「は、はぁう……♡　先生、あの、もう少し優しく」

「ごめんなさい。後が詰まっているので、手早く処置させてください」

「あはぁあんんんんっ！」

　グレンは、花粉のついた筆を、再び同じ花に差し込んだ。自家受粉はしにくいので、しっかりと受粉させる必要がある。

「あうっ、そ、そんな……中に……中にぃ……」

「すみません、もうちょっと奥まで」

「ひゃあっ、で、出ちゃう！　出ちゃううううっ！」

びゅる、と。

花から蜜が溢れ出した。本来はハチや蝶《ちょう》を誘引して受粉を促《うなが》すための花蜜である——が、花の奥から溢れ出す蜜は、そのままパンに塗れそうな量であった。

集団開花の影響で、蜜の量も普段の数倍になっているのだろう。

「かいしゅうー」「みつー」「なめていい？」

「ちょっとだけね」

妖精たちが花の下で待機して、溢れる蜜を瓶《びん》で受け止めている。後々、酒を造《つく》る材料にするためだ。

「あっ、あっ♡　は、はぁ……！」

「よし、これでひとまず」

めしべが花粉まみれになったのを確認して、グレンは処置を終える。アルラウネは肩で息をしていた。

ここまでで一工程。

まだ一人目である——しかも、一人に幾《いく》つも花が咲いている。手早く終わらせなければ。

「グレン先生、遅いですよ」

サーフェが筆を操《あやつ》りながら、そう言った。

彼女もまた自家受粉の作業を行っている——既《すで》にサーフェの周りには二人のアルラウネが、快楽のあまりに失神《しっしん》していた。自家受粉はとっくに終わったらしい。アルラウネたちは自分の花から吐き出した蜜によって、どろどろになっている。

床に飛び散った蜜は、妖精たちがせっせと拭《ふ》き取っていた。

「あひゃああんっ♡　お、お姉さまぁぁ♡　あっ、そ、そんな、上手……あ、う、うそ、うそっ、ひゃあんんんんっ！」

口からも唾液《だえき》——いや、花蜜を垂らしながら、アルラウネが快楽に悶えている。蔓がサーフェの尻尾と絡《から》み合っていた。

「早くしないと日が暮れますよ？」

「う、うん、ごめんね」

嬌声《きょうせい》をあげるアルラウネを完全に無視して、サーフェはグレンに言った。

薬の材料にするため、ハーブも栽培するサーフェは、植物を扱う作業も慣れている。植物系魔族に対する処置は、グレンよりも優秀かもしれない。花粉をつけた筆を次々と操って、アルラウネの自家受粉を進めていた。

受粉。

植物であるアルラウネにとっては、まぎれもない生殖行為である。事実、快楽を感じて声をあげるアルラウネたちは、自分の性的欲求を満たしているように見える。

だが、他の種族にとっては単なる作業だ。

農業においても、植物が実をつけすぎると栄養が行き届かないので、受粉する花を選別して人工授粉させたり、自家受粉によって同じ味の実を作ったりする。

サーフェも栽培を学ぶ中で、その作業を行ったことだろう。

「は、はぁ、はぁ♡　先生……♡　もっと、もっと受粉させてぇ……♡」

甘い声で詰め寄ってくるアルラウネの少女。

彼女は完全に性行為の最中――なのだろうが、グレンにしてみれば花に筆を出し入れしているだけなので、いやらしさもなにもない。

（まあ、医療行為だし――）

あくまで冷静に、グレンは作業を続けていく。蔓を捕まえて、また別の花に筆を差し込んでいく。

花粉を採取してめしべにこすりつける――作業の流れは変わらない。

「あぁあんんっ！　そ、そんなところ……摑んじゃダメェぇ…っ♡」

「ごめんなさい、優しくするので」

花びらをつまみ、筆を奥まで入れるグレン。

「せ、せんせぇ、上手ね……」「ああんっ、たまらないわ。私も早くやってほしい……」「ねえ、順番まだぁ？」「もう押し倒しちゃう？」「ラミアのお姉さまのほうでもいいわ。あっちもとってもテクニシャンね……♡」

「これこれ、お主ら。我慢《がまん》したほうがますます気持ちがいいぞ。大人しくせい」

「「「「はあい♡」」」」

娼館《しょうかん》かと思わせるような会話がされている。

いや、娼館は純粋な商売の場だから、それよりもっと淫靡《いんび》ななにかだろう――受粉作業にしか思えないグレンには、その淫靡ぶりがイマイチわからないのだが。

などと考えつつ、グレンはアルラウネの頭部、ひときわ大きな花での受粉作業を行う。

「あっあっあっあっ♡　んひゃあぁあうっ♡　だ、だめぇ、受粉しちゃうからぁ、ダメェ……♡」

「いえ、それが目的なので」

くりくりくりくり、と。

グレンは筆を動かして受粉させる。

「あっ、ひゃ、ひゃあぁぁぁんんんんっ！」

蔓がべしべしと動いて、アルラウネの快感を伝えてきた――筆を操っているだけのグレンには、いまいち実感がわかない。

「はぁ、はぁ……♡　あ、ありがと、ごじゃいましたぁ……♡」

「はい、お疲れ様でした」

脱力したアルラウネが床に転がる。彼女たちにとっては体力を消耗《しょうもう》する、相当に激しい行為らしい。

「では……次の方」

「私！」「いいえ、私が！」「ちょっと横取りしないでよぉ」「待ちきれない……♡」

「順番に処置しますので」

まだまだ残っている。アルラウネたちはグレンの手技《しゅぎ》を求めている——期待のためなのか、どの娘も花からだらだらと蜜を垂らしていた。回収する妖精たちが大変そうだ。

「グレン先生、手早くやらないと終わりませんよ」

サーフェが冷徹な表情を崩《くず》さずに告げる。彼女は早くも、七人目のアルラウネを気絶させているところだった。

「う、うん——頑張るね」

「「「お願いしまぁす♡」」」

かつてない数の女性たちに囲まれて、グレンもまた覚悟を決めるのだった。

花粉を採取する。

「はぁあぁぁんんんっ♡」

花粉をめしべにこすりつける。

「んんぅっ、奥までっ、そんなぁっ……」

できてしまった果実をハサミで切り落とす。

「そんなところ持ってっちゃ……は、恥ずかしいぃ……♡」

果実を収穫することのなにが恥《は》ずかしいのがグレンにはよくわからなかったが――アルラウネ的にはそういうものらしい。

とはいえ果実酒には必要なので、グレンは遠慮なく果実を妖精たちに渡した。

アルラウネの価値観はやはり動物のそれとはかけ離れているらしい。全身を花蜜で濡《ぬ》らした少女たちが、狭い室内で息を荒らげながら倒れている。

彼女たちにとってみれば乱交なのだろうが、グレンはまったくそんな気にならない。

（疲れた……）

色っぽい嬌声を聞き続けながら、集中して治療するのはなかなか大変だ。

とはいえ――。

「グレン先生、こちらは終わりました」

「あっ、あぅ、はぁん……♡」

サーフェが担当するアルラウネが、花蜜を撒き散らしながら倒れる――というか球根だけでは上体《じょうたい》を支えられずに転がる、というべきか。

サーフェは尻尾で彼女を優しく支えつつ、頬についた花蜜を拭き取っていた。

「うん、こっちももう終わるよ」

「あっ、アッお医者様ぁ♡　……そんな、作業みたいに……冷たくしちゃ……」

「いや、僕にとっては作業なので……」

「あっはぁぁああんっ♡　そ、素っ気ないのもぉ……しゅきぃ……」

グレンの担当するアルラウネも、最後の一人がくずおれた。

最初に診察したアルラウネたちは、すやすやと寝息を立てている。中には、まだ性欲が満たされないのか、姉妹同士でキスを交わしているものもいた。

感染症のおそれがあるわけでもないし、それは個人の自由だ。

植物系魔族に、近親相姦《そうかん》などという概念は存在しない。ここでは人間の価値観、倫理《りんり》観は通用しないのだと、改めて思わせる光景だ。

「お疲れ様でした、先生」

「あ、うん……」

花蜜にまみれてしまった手を、サーフェがそっと拭いてくれる。使っていた筆は花蜜でぐしょぐしょに濡れていた――アラーニャから借りたものだが、洗って返せば大丈夫だろうか。

「一通り済んだかのう」

扇を煽《あお》ぎながら、一連の治療を見物していたアルルーナが、そう言った。

「すまぬな。娘たちのために」

「いえいえ、仕事なので——それにしても、凄《すご》い光景ですね」

「まあ……わしから見ても大概《たいがい》じゃの、これは」

グレンは困ったような笑みを浮かべるしかない。

「……ところで」

アルルーナは蔓を伸ばす。

伸びた先には花が咲いている——アルルーナの赤い花も満開である。くぱぁ、とつぼみが開いて、そこからだらだらと花蜜が垂れてくる。

匂いが濃い。

布越しでもむせ返るほどの甘い匂い——頭がくらくらする。

「わしの受粉は、どちらがしてくれるのじゃ？」

「あー……やっぱり、そうですよね」

「くく。小娘どもとは違うぞ。気をしっかりもっておらぬと、わしが食べてしまうからのう。まあ、わしは、それでもいいが」

アルルーナが舌《した》なめずりをする。彼女の診察は、以前花蜜の治療をした時以来であるが——あの時は結局、彼女がグレンを襲いたいがための口実だったように思う。

今はたぶん、違うのだろう。

アルルーナ自身が溜《た》め込んだ花蜜をだらだらと垂らしている——妖精が慌てて受け止めるが、

小瓶ではまったく間に合わない。

覚悟をもって治療せねば——と思っていると、肩を尻尾でとんとんと叩かれた。サーフェだ。

「グレン先生、こちらを」

「ん？」

「気付け薬を丸薬《がんやく》にしたものです。飲んでいればしばらくはアルルーナ様の誘惑にも耐えられるでしょう」

「あ、ありがとう」

布を外して丸薬を飲み込むグレン。

嘔吐《おうと》したくなるような苦みが口の中に広がったが、代わりにアルルーナの振りまく甘い匂いが少し減った気がする。

これならいけるだろう——とグレンは判断した。

「それじゃあ……失礼しますね」

「うむ、よろしく頼む」

グレンは筆を持って、アルルーナの花の一つに触れた。

「ふっ、うんっ♡」

アルルーナが吐息《といき》を漏《も》らす。

花にも触感があるからこそ、アルルーナも反応するのだろうが——一方、ハサミで蔓を剪定しても、彼女たちに痛がるそぶりはない。いったいどういう神経構造なのだろう。

「アルルーナ様、花が多いですから、私も始めますね」

「うぅんっ！　くふふ……サーフェも一緒か。よいよい。わしは複数でも構わぬぞ――あひゃあぁんっ!?」

「人の旦那《だんな》に色目を使わないでくださいね。アルルーナ様」

サーフェの目は鋭い。

筆を巧《たく》みに操って、アルルーナの花を受粉させていく。蜜の溢れる花は、不思議なことに花弁が生き物のようにひくひくと動き、奥へと入る筆の邪魔をする。

サーフェがそれに対抗するように、さらに押し込み、奥のめしべに筆の先端を届かせる。

「あ、あうぅん♡　ま、まったく♡　そんなに酒が欲しいか――あひゃぁん♡」

「余計なことは言わなくていいです」

グレンは首を傾げた。

サーフェが酒好きなのはいつものことだ。別にアルラウネの酒を欲しがってもおかしいことはない――が、わざわざアルルーナがそれを言うのはなぜだろう。

「これこれ若医者、手が止まっておるぞ」

「あ、すみません――それでは」

くぱくぱと開閉する花は、まるでグレンを誘うかのようだ。

筆を差し入れて、グレンは花粉を採取する。さすがアルルーナは長く生きているだけあって、蔓も太く、花も大きい。

花粉はすぐに採《と》れたが、

「うーん……？」

めしべは奥に隠れていた。花が巨大なせいだろうか。

グレンは花を観察するように覗《のぞ》き込む。花弁がいっそう、ひらひらと誘い込むように動き、中心から垂れ落ちる花蜜の匂いは息が詰まるほどだ。

サーフェの丸薬がなければ、また身体の自由を奪われていたかもしれない。

「ちょっと奥まで、失礼しますね」

「んっ、あうっ♡」

アルルーナが喘《あえ》ぐ。

彼女の艶美《えんび》な声にも随分《ずいぶん》慣れたな――とグレンは医者らしからぬ感慨《かんがい》を抱いた。奥まで筆を差し入れると。

「んんんあぁぁあうっ♡」

びしゃっ、と。

花からまるで噴水《ふんすい》のように、花蜜が噴出した。グレンの白衣にべっとりとついてしまう。

「………」

「む、むぅ……あまりに良すぎて出てしもうたわ。すまぬのう」

「いえ……」

いくら花蜜が多いほうとはいえ、多すぎではないだろうか。

集団開花の時期はアルラウネにとっても一大事とはいえ、この蜜の量は日常生活に支障をきたす。

長く生きてなお――いや、長生きだからこそ、蔓がここまで発達したし、そこから咲く花も大きなものとなったのだろう。

顔にも付いた蜜を拭《ぬぐ》いながら、グレンは作業を続ける。

「んんっ♡　やぁぁんんっ！　な、なかなか二人とも、上手《うま》いのうぅ♡　もっと、もっとやるのじゃ――」

「アルルーナ様を悦《よろこ》ばせるためにやってるわけではないです」

「つれないのう♡　一緒に楽しめばよかろう――んひゃあぅううッ!?」

「この自家受粉作業を楽しんでいるのはアルラウネ族だけですからね？」

サーフェは。

既に一通りの受粉を終えていた。やはりグレンと比べて格段に手が早い。そのままアルルーナへ後ろから近づき、頭部の花にも筆を差し込んでいく。

「んんっ♡　あ、頭はやらんでいい……っ♡」

対してもアルルーナに対しても強気だった。


「あら、弱点ですか」

サーフェがくすくす笑った。治療という大義名分《たいぎめいぶん》があるためか、今日の彼女はアルルーナに対しても強気だった。

「先生、手伝ってください。一番大きなこの花を終わらせてしまいましょう」

「あ、うん」

アルルーナの頭頂部には、ひときわ美しい深紅《しんく》の花が咲いている。

グレンは受粉を終えた花からじゅぼん、と筆を引き抜いた。アルルーナはびくびく震えている。

「あっ、そんにゃっ♡　ふ、二人でなんてぇ……んぁへぇぇ♡」

「ここが一番大きいんですから、ここを受粉させてしまえばラクになりますよ?」

「い、嫌じゃぁっ。東でもっともっと男漁りしゅるのぉ……!　おほぉんッ♡」

ふざけたことばかり言うアルルーナに、サーフェは筆をずっと差し込んだ。

花蜜が押し出されて溢れ出す。

「グレン先生も、ほら」

「いや蔓がすごくてさ……もう」

アルルーナが必死の抵抗でグレンの足元に蔓を巻きつかせる。

しかしアルルーナ自身が快楽に負けているようなので、蔓の抵抗も大したものではない。蔓をよけながら進み、アルルーナの顔に近づける。

「おお、若医者よ……せっかくじゃしお主も楽しんで……んひゃぁっ♡」

「やっぱりまだちょっと余裕ありますね」

何度も淫蕩《いんとう》に誘うアルルーナに、グレンも呆れ気味だ。彼女の性欲は底なしである。

筆をぐちゅり、とアルルーナの花に差し込む。

そのまま二人で、ぐちゅぐちゅ、とアルルーナの側頭部で筆を動かしていく。めしべに受粉させればいいのだが、大きい花ほどめしべを探すのが難しかった。溢れ出る蜜が、めしべの正確な位置を教えてくれない。

ぐちゅ。ぐちゅり。

「んほぉぉおっ♡　に、二本なんてそんにゃ……入らにゃいのぉっ♡」

「あ、見つけた。奥ですね」

「あ、そ、そこダメっ♡　んんくひぃぃいぃっ♡」

「よしよし、もう、ちょっと……」

くりゅくりゅくりゅ、とグレンが筆を操る。

「んっっ！　んなうぅ……！　んひゃあああ――――ああ……あっ……」

ずっぷりとグレンが筆を差し込む。

アルルーナは快楽が絶頂に達したようで、身体をびくびくと震わせた。無数の蔓が力尽きた

ように四方に広がる。

「ふぅ……」

グレンが筆を引き抜き、額《ひたい》の汗《あせ》を拭う。

「これで一通り――大丈夫かな」

「そうですね。大体終えたかと」

最大の功労者のサーフェが言う。

植物系魔族の治療に関しては、サーフェのほうが上手《うわて》だったようだ。グレンもハーブ栽培を覚えるべきだろうか、とちょっと思う。

「う、うむ……実に、見事な手際《てぎわ》であったぞ、二人とも。のう若医者、やはりわしの百人目の恋人に……」

倒れながらも、なおアルルーナがそんなことを言う。

「お断りします」

グレンが答える前に。

サーフェが筆を、頭部の花に突っ込んだ。

「うやん……！」

奇妙な呻《うめ》き声をあげて、アルルーナは気絶するのだった。

アルルーナの治療から、数日が経《た》った。

グレンが診療所として使っている小屋に、アルルーナが訪れていた。彼女はにこにことしている。

「世話をかけたのう、ほれ、礼じゃ」

アルルーナは笑顔で何か渡してくる。

ヒョウタンの容器であったが、中に入っているものが酒であることは想像がついた。サーフェが早速《さっそく》、尻尾で受け取る。

「もう完成したのですか？」

「いや、果実を漬《つ》けこむ酒は時間がかかるらしくてな。この里の杜氏《とうじ》に任せてある。これは東の酒と花蜜を混ぜただけの手軽なものじゃが……それなりに美味《うま》いと思うぞ」

酒を造るには手間暇《てまひま》がかかる。この里ではどうやら自前で作る設備があるようだが――さすがに数日で新たな酒を造れるわけではないらしい。

だが、花の魔族から作られた酒。

東では相当珍しいものだろう。

「娘さんたちのご様子は？」

「うむ。発情も大体落ち着いたようでな。皆、船に乗っては気ままに東を観光しておるよ」

「女性ばかりの旅で大丈夫ですか？　東は、魔族に対する視線があまり……」

グレンが聞くと、アルルーナはにこやかに。

「わしの恋人――いやいや、お付きの男どももついておるし、大きなトラブルにはならぬじゃろ。ここに来るまでもいくつか回ったが、変なことにはならんかったしな」

「――はあ」

「それに……植物系魔族といえど、人間よりも強いぞ。暴漢に襲われたとて、逆に締め上げて犯すくらいは余裕じゃ」

そういうものか、とグレンは息を吐く。一対一の状況であれば、人間は大抵《たいてい》の魔族には勝てない。

「なんぞ『黒後家党』の話を聞いたらわしに伝えるよう、言い付けてある。有益な話があれば、お主らにも伝えよう」

「ありがとうございます」

グレンが頭を下げる。

未《いま》だ謎だらけの『黒後家党』に少しでも近づく手がかりがあればいいが――。

「グレン先生、味見しますか？」

味見を――と言いながら、サーフェが既に、ヒョウタンから酒を注いでいる。ふわりと花の香りが広がった。

アルルーナから直接香るような、むせるような匂いではない。ほんのりとした甘い匂いが心《ここ》地好《ちよ》かった。

「えっ、でも今仕事中だし……」

「少しなら大丈夫ですよ。ほら」

東で使われる酒器《しゆき》に、わずかに注がれた酒。

アルラウネの花びらが酒の上にそっと浮かべられていた。どこから調達したのだろうか。

「花蜜のシロップで割っておるから、ジュースみたいなもんじゃろ。ほれ、ぐいっと飲んでみたらどうじゃ」

サーフェは当たり前のようにぐびっと飲んでいる。

「は、はあ……それでは」

グレンも一口舐《な》めるように飲む。

しっとりとした甘みが口の中に広がる――と同時に、酒特有の熱さも感じた。グレンにとっては十分強い酒だ。

「うっ、げほ」

グレンには甘すぎた。

「ははは、若殿には刺激が強かったか」

「すみません……普段からあまり、飲むわけではないので。サーフェ、残りはあげるね」

さすがにヒョウタンに戻すわけにはいかないので、グレンは飲みかけの酒を差し出した。尻尾が高速でグレンの酒器を奪い取る。

「ん、んくっ……ふぅう。甘くてよいお酒ですね。これはきっと売れます」

「う、うん――サーフェが言うならそうなんだろうね」

酒の価値がいまいちわからないグレンであった。

とはいえ商売はソーエンの得手《えて》である。ハーピーの卵も違法ながら東で売買されていた――魔族由来の品物であっても、欲しがるものはいるのだろう。

「……グレン先生、なんともありませんか？」

じいいと。

サーフェがグレンの顔を覗き込んでくる。その顔はどこか、拗《す》ねたような、照《て》れたような表情をしている。

「え――え？　なんともって？」

「私を見てなにか思わないか、と聞いているんです」

サーフェの疑問に、グレンは首を傾げる。質問の意味がちょっとわからない。

アルルーナだけがくすくすと笑って。

「効果はなさそうじゃな、サーフェ」

「そんなはずはありません。アルラウネ由来の材料なのですから、きっと」

「個人差があるじゃろ」

なんの話かわからず、グレンが困惑《こんわく》していると。

アルルーナが、扇で顔を隠しながら。

「この酒じゃが――実はソーエンは、惚《ほ》れ薬として売り出す予定らしいぞ」

「？　……っ!?」

「アルラウネの成分が溶け込んでおれば、媚《び》薬《やく》効果もあろうが――この様子だとどうじゃろうな」

アルルーナがにやにやする。

「残念じゃったなぁ、サーフェ。若殿と、イロイロとイイことをしようとしたのじゃろう。ここではクトゥリフの目も届かぬし――くふふ♡　わしも混ぜてほしいもんじゃ」

「そ、そういうつもりではありません！　あと、絶対に混ぜませんから！」

サーフェが叫ぶ。

グレンは慌てて、彼女の手にある酒器を見た。飲んだ限りでは特に媚薬効果は感じられなかったが――。

発情したアルルーナたちの花で作ったことを思えば、宣伝文句としては相応《ふさわ》しいのかもしれない。まして彼女たちの花粉には、誘惑効果がある。グレンもそれを体感している。

「そんなつもりは、決して。決してありませんから、先生、誤解しないでくださいね」

「う、うん、大丈夫だよ――」

「でもアルルーナ様。お酒はもっとください。そうだわ、醗酵《はっこう》させて作ったリキュールならきっと更《さら》に効果があるはず……！」

他意はないと言いつつ、そんなことをのたまうサーフェだった。

そもそも彼女がアルルーナたちの治療に積極的だったのも、そういう理由があったのかもしれない。

「くふふ。好きなだけ持っていけ――まったく。婚約者同士なんだからいつでも襲えばよかろうに」

「うるさいですね！　アルルーナ様とは違うんです！　ムードというものがあるんです――なかなかそういう空気に、なりませんけど……」

「押し倒せ」

「だからそういうのはイヤなんです！」

サーフェがきしゃーー！　と威嚇《いかく》する。アルルーナはくふふと笑っている。

グレンは口元を押さえた。

まだ口の中に甘い香りが残っている――恋人同士で飲めば、互いにそういう気持ちを抱いたりするのかもしれないが。

「アルルーナ様、花粉を出してください。あの花粉なら……！」

「お主らが散々《さんざん》受粉してくれたおかげで、もう出ぬよ。蜜の量も落ち着いたわ」

「な、なんですって――っ！」

サーフェが躍起《やっき》になっている。そんなに酒の効果をあてにしていたのだろうか。

（うーん……）

仮にこの酒が、本当に惚れ薬の効果を持っていたとしても。

グレンには効《き》くはずがない――なぜなら。

（もう、サーフェに惚れてるしね……）

グレンは内心で苦笑する。

彼の愛《いと》しいラミアは、グレンのそんな気も知らず、アルルーナにぎゃいぎゃいと噛みついているのであった。

彼女の求めるムードとやらを、演出する努力をせねばならない――そんな風に思うグレンであった。

症例3　懐古のフレッシュゴーレム

ソーエンの里に逗留《とうりゅう》して、三週間が経《た》とうとしていた。

グレンの診療は続いているが、里で早急に処置の必要な魔族はもういない。アルラウネの果実や花を漬《つ》けこんだ酒は、その物珍《ものめずら》しさから順調に売れているらしい。

（……気の長い話になるかもな）

父の許しを得るのは簡単ではない。

ソーエンの案――『黒後家党《くろごけ》』をどうにかするという目標も、今のところ大きな進展はなかった。なにも腹案がないまま頭を下げても、意思堅固《けんご》な父の考えを変えられるとは思えないグレンだった。

リンド・ヴルムからは定期的に手紙が来る。グレンは手紙によってクトゥリフらに今の状況を伝えていた。手紙を運んでくれるのは――。

「ふぃぃぃぃ――――」

診療所で水を飲む、ハーピーのイリィである。

陸路では何日もかかる人間領との行き来であるが、空を飛べばおよそ一日で往復できるという。

長距離飛行に適した身体《からだ》を持つイリィだが、それでも人間領との往復は負担が大きいようだった。

汗《あせ》をかかない代わりに、大きく息を吸っている。これは体内の気嚢《きのう》――空を飛ぶために空気を入れる器官へ外気を取り入れて、熱くなった体温を空気の力で冷やしているのだ。

「水を飲みすぎると飛べなくなるよ」

「わーってるって。ちょっとだけ」

イリィは水をちびちび飲んで、口と喉《のど》を湿らせる程度に抑えている。

彼女は人間領には興味がないようで、このますぐリンド・ヴルムに戻るという。ハーピーの卵が人間領で売買されていたことを考えれば、東に良い感情を持ってないのも当然だろう。

「大変ね。リンド・ヴルムとの行き来は」

サーフェが言うと、イリィはばさりと翼を広げて笑う。

「別にへーき！　飛ぶのは好きだし、長距離郵便はボーナス出るしね。はい、というわけで今日の手紙」

彼女がカバンから取り出した手紙を、グレンは受け取った。

「ありがとう。クトゥリフ先生と……『荒絹縫製《あらぎぬほうせい》』の代表から？　これはアラーニャさん宛《あ》てか……あと……ん？　スカディさんからだな……」

「きししっ」

　イリィは何故《なぜ》か笑っている。

「イリィ？　どうかしたの？」

「いーんや！　なんでもない！　アタシ、そろそろ帰るね。また来るから！」

　イリィは含み笑いの理由を語らずに、すぐ外に出てしまう。

「気をつけるんだよ」

「大丈夫だって！」

　長距離飛行は人間でいえばマラソン――いや、さらに過酷《かこく》な運動のはずだが、飛ぶことが好きと語るイリィには苦にならないのかもしれない。

　イリィがグレンの部屋を出てほどなく、ばさばさと飛び立つ音がした。

「なんだったんだろ――」

「先生」

　サーフェから声がかかる。既《すで》に彼女はスカディの手紙を開封し、目を通していた。

「竜闘女《りゅうとうじょ》様から。長逗留が心配なので、人員を寄越《よこ》す、とあります」

「え？　なんでスカディさんが……？」

「それは……ああ、『黒後家党』の懸念《けねん》もあるようです」

　サーフェが手紙を読みながら告げる。

『黒後家党』のことは、どうやらスカディも知っていたらしい。童女のように見えて為政者《いせいしゃ》として有能なドラゴンであった。

「なので、東に詳《くわ》しいものを寄越すと」

「……？　誰だろう？」

　グレンは首を傾《かし》げる。

　リンド・ヴルム住民の半数は人間だ。大多数はだいぶ西の文化に染まっているし、そもそも魔族領に近い場所の出身だったりする。

　首都ヘィアンから遠いほど、魔族への差別意識も薄くなる。リンド・ヴルムで東の価値観のままでは、とてもやっていけない。

　だが――スカディともグレンとも親しいものに、人間族がいただろうか。議員に人間は何人もいるが、グレンらと親しくなければ寄越す意味がない。

「おい、グレン」

　などと考えていると。

　ソーエンが部屋に入ってきた。

「客人が来ているぞ」

「客？　――ああ、スカディさんが呼んだ方かな」

「そのようだ。早く出迎えてやれ——川のほうだ」

「……川？」

グレンとサーフェが、不思議に思って顔を見合わせるのだった。

「おーいっ、せんせー！　こっちこっち！」

ソーエンの里、その端には、小川が流れている。貴重な淡水《たんすい》であり、田畑に引いたりもしている。最終的には海に繋《つな》がっているらしい川だった。

そこから顔を出すものが、一人。

「ルララ!?」

「えへへ。やっと会えた！　もう……人間領は遠いよう」

こきり、と首を鳴らすのは、水路街の歌姫ルララであった。

川から上半身を出し、岸に手を置いて体を支えている。

「まさかスカディさんの遣《つか》いって、ルララ？」

「あはは、違う違う！　ボクはただついてきただけ。もー、グレン先生やサーフェさんに会えないと寂《さび》しくてさ」

そう言って、明るく笑うルララだった。

しかし彼女の目じりからは涙が流れている。それほどにグレンに会いたかったか——と思ってしまうが、実はそうではない。海水の塩分を飲み込んだため、涙で排出《はいしゅつ》しているのだ。ルララが泣いているのは、この島まで泳いできた証拠だった。

「海を泳いできたのかい？　ルララ」

グレンの疑問に、ルララは笑って、水かきのついた手を振った。

「違う違う。泳いできたのはへーあん？　からだよ。このくらいの距離なら、泳ぐほうがラクだからさー。へーあんまでは船でのんびりと」

「そういえばルララさんは海のご出身でしたね」

「そうそう♪　もうすぐ一緒に来た人も——あ、来た来た」

ソーエンの里は、見晴らしも良い。

里の山道を登ってくる影が見えた。黒髪を束ねた、つぎはぎの肉体——スカディの護衛《ごえい》である苦無《くない》・ゼナウだ。

「遅くなった——いや、川を遡上《そじょう》する人魚に、速さで勝てるはずもないが」

「苦無さん。もしかしてスカディさんの遣いというのは——」

「私だ」

苦無がふう、と息を吐く。不死である苦無が長旅で疲れるはずもないので、おそらくは区切りをつけるためだけに息を吐いたのだろう。

背負っている背嚢《はいのう》には荷物が詰まっているようだ。二人でリンド・ヴルムからここまで来たということか。

「我々が来ること、イリィから聞いていなかったか？」

「多分知っていたようですが、誤魔化《ごまか》されて――」

「ふん。いたずら好きだな」

背嚢を置いて、苦無は肩をぐるりと回した。

考えてみれば、苦無は東の出身だ。はるか昔に、人間の死体をつぎはぎして作られたフレッシュゴーレムである。

東に詳しい人員とは、彼女のことだったのだ。

「ボクたちが助《すけ》っ人《と》に来たから、大丈夫だよ」

「東にいい思い出はあまりないが――竜闘女様の仰《おお》せとあれば止《や》むを得ん。尽力しよう」

苦無は言う。

そもそも自分を生み出した東の医者を嫌っている苦無だったが、それより竜闘女への忠誠が勝るらしい。

「街歩いてても酷《ひど》いんだよ！　みんなボクたち見て、何かひそひそ言ってるの！」

「すみません……昔は人魚もいたようですが、今はほぼ全員、西に移り住んだらしいので」

「気にするな」

苦無は嘆息《たんそく》した。

「やれ茶毘《だび》に付せだの、坊主《ぼうず》を呼んでこいだの、人魚の肉を食べた死人だの、さんざん言われた。ルララと一緒にやってきたからさらに噂《うわさ》される」

「ぴゃっ!?　なんで人魚を食べるの!?　怖いんだけど！」

ルララががたがた震える。

涙で塩分を排出しているのでなおさら、その恐怖が強調されていた。

「あー……こっちでは人魚を食べると不老不死になるとか言われているからね」

「根も葉もない伝説だが、不死人《ふしにん》と人魚が並んでいると思い起こす輩《やから》が多いようでな。気にするなルララ、食べたりしない」

「当たり前だよ！　ひぇえ、とんでもないとこ来ちゃったぁ……」

ルララが怯《おび》えている。

人魚の肉を食べて不老不死となった尼僧《にそう》の話は、東では有名であった。無論、食べられた話をされる人魚にとってはたまったものではないだろうが。

「ご無沙汰《ぶさた》しておりますな。不老不死の護衛どの」

ソーエンが顔を出して一礼した。

そういえばスカディは東に遠征《えんせい》していたときがあった。苦無ともその時、顔見知りになったのだろう。

「突然すまんなソーエン殿。見ての通り、私は死体だ、寝泊まりは馬小屋でも構わん」

「竜闘女様から命を受けたお客人にそのような……相応の部屋を用意いたします。そちらの人魚の方は――リンド・ヴルムでお見かけしたような……？」

ルララはとてもスカディの配下には見えないだろう。ソーエンが首を傾げた。

中央広場で時を告げる歌姫だ。ソーエンも何度かリンド・ヴルムに来ているので、見かけていてもおかしくはない。

ソーエンは一時期、毒水《どくみず》事件の犯人として報道された。きちんと紹介しなければ妙な誤解を生みそうだ――とグレンが思った時。

「は、初めまして」

先んじて、ルララが水中で、背筋《せすじ》を伸ばした。

「これは可愛《かわい》らしい人魚のお嬢さんですな。私はソーエン。グレンの兄です」

「る、ルララ・ハイネです！　グレン先生の――未来のお嫁さんです！」

「ぶっ!?」

グレンが噴《ふ》き出す。

静かに見守っていたサーフェが、突然の告白に尻尾《しっぽ》をぴんと立てた。見たことのない仕草《しぐさ》であった。

「……あー。ええと、嫁……と言ったかな、お嬢さん？」

「はい！　ボク、グレン先生の未来のお嫁さん！　……に、なりたいです」

「私には――その、すでに三人の女性と婚約した身でありながら、年端《としは》もいかぬ少女とも関係を持つ愚弟《ぐてい》の考えが……ちょっとわからないのだが」

ソーエンが辟易《へきえき》した顔でこちらを見る。サキ一筋の彼からすれば、浮気者に見えても仕方ない。いや、グレンにそんなつもりはないのだが。

サーフェが慌《あわ》てて。

「る、ルララさん？　ちょ、ちょっとお話ししましょう？　ね？　正妻の私、なんにも、なーんにも聞いてないですから！」

「えへへ！　今言えば、びっくりすると思って……」

「確かに今とってもびっくりしていますけどね！」

グレンは呆然《ぼうぜん》とするばかりである。

確かにルララには言われていた――結婚できる年齢になるまで待っていてほしいと。だが、いきなり兄にそんな自己紹介をされるとは。

「くく、苦労が減らないようだな、グレン医師？」

「か、からかわないでください……」

グレンはどういう顔をすればいいかわからない。

笑いが止まらないといった表情の苦無が肩を叩《たた》いて、グレンを労《ねぎら》うのだった。

「グレン……お前な。ただでさえ父上の許しを得なければならない状況で、人魚の少女にまで。間を取り持つ俺のこともだな……」

「だから誤解だってば。ルララはただの患者さん！　まだ結婚できる歳《とし》じゃないから」

「その言い方は、ゆくゆくは結婚すると言わんばかりだろうが」

改めて。

苦無を迎えた屋敷で、ソーエンは頭を抱えていた。ルララの爆弾発言のあと、ソーエンはグレンに説教をしていた。

ルララは里にある舟屋《ふなや》に行ってもらった。そこには人魚の夫婦が住んでいるので、しばらく一緒に過ごしてもらうという。

「まあ——ルララさんのことは、あとで私がどうにか」

サーフェがすっかり正妻の顔で言う。

「ただ、意志は固いようですね——もしかすると数年後、またご挨拶《あいさつ》に伺《うかが》うかも」

「お前は何人嫁を娶《めと》る気だ」

一夫一妻制の考えが抜けないソーエンが、はあ、とため息をついた。

グレンも困るが——リンド・ヴルムでは嫁を複数持つことが認められている以上、決意の固いルララを無下《むげ》にはできない。

その苦労が兄にはわかっていない。

「──嫁の数が三でも四でも変わるまい。そろそろこちらの話をしたいのだが」

苦無がそんなことを言う。

「それが変わるんですよ苦無さん……今はアラーニャも許しをもらえてなくて、色々と複雑なんです」

「聞いている。『黒後家党』のことだろう。竜闘女様も大変に心を痛めている」

サーフェの言葉に、苦無は頷《うなず》く。

板の間《ま》で苦無は胡坐《あぐら》をかいて座っていた。足を大きく開いた、西ではなじみのない座り方だが──その姿は随分《ずいぶん》と様《さま》になっていた。

「『黒後家党』は奇妙なものを狙《ねら》う。アルラウネの酒を、惚《ほ》れ薬として売り出したのも聞いている。そんなものがあれば、連中は欲しがるだろうな──いい策だ」

「そこまでご存知でしたか」

「ヘイアンで色々調べた。だが──」

苦無は鋭い表情で。

「今のままでは、連中は酒を商《あきな》っている店を狙うばかりだろう。ヘイアンでも、どこで作っているか知る者はいなかった──この里のことは、公《おおやけ》になっていないな？」

「えっ」

グレンは驚く。そもそもこの里で酒を造《つく》ることで、『黒後家党』をおびき寄せるという話ではなかったか。

里のことを知らせなければ、『黒後家党』とて寄ってこない。

「ご明察おそれいります」

ソーエンが頭を下げた。

「公的には、ここはあくまで私の領地――その里に魔族を密《ひそ》かに匿《かくま》っているという事実が知れれば、私の立場も危うくなりましょう」

「兄さん、そうだったの？」

グレンは驚くが――考えてみれば当然であった。

「お前はすっかりリンド・ヴルムに染まっているから忘れているだろうが――この極東で魔族の里など認められるわけがない。ここで魔族が集まって暮らしているのは俺しか知らぬことだ。まして魔族由来《ゆらい》の酒を造るなど、本来、公にはできないが――」

「――兄さん。ちょっと待って、それは」

イヤな予感がした。

人間至上主義のヘィアンで、魔族を私領で匿っていることが発覚すればスキャンダルになってしまう。まさかソーエンは、また無茶なことをする気なのでは。

あえて毒水事件の犯人として、噂を立てられたときのように。

「機は熟した、ということだろう。この里の在《あ》り方を、ヘィアンにて知らしめる」

「知らしめる……って、できるの？」

「できるさ。前々から準備していた。お前の研究成果――『鬼変病《きへんびょう》』にかかった実の妹の診察記録や、お前の師匠《ししょう》による論文が既にある。それを用いて、我々と鬼の間に差がないことを大きく喧伝《けんでん》し、同時に元老を説得する。全《すべ》てはリトバイト家当主……このソーエンの名で行われる」

巧《たく》みな策略だった。以前から考えていたことなのだろう。

「リトバイトの兄妹が必死に見つけた、『鬼変病』の真実。そして今なおヘィアンで飛ぶように売れている惚れ薬が、実はアルラウネから採《と》れた材料で作られているという事実。ヘィアンの人間でさえ、魔族の血が流れ、魔族由来のものを口にしている。これだけ魔族が身近にあって、もはや魔族を大っぴらに叩けるものは朿にもいない」

「大丈夫なの……？　かなりリスクが高いように思えるけど」

「やらねばならん。リスクのない勝負などない――まあ、『黒後家党』相手に、俺の鬼札《おにふだ》を使うことになるとは思わなかったが」

「――――」

父の許しを得るために、助力してくれるとソーエンは言った。

つまりはこれが、ソーエンの覚悟のほどなのだ。腹黒な兄が、二枚舌《にまいじた》を使うことなくグレンに協力してくれる。

味方であれば、非常に頼もしい。

「いずれこの里をリンド・ヴルムのようにするために、俺はやる」

「――――」

グレンは内心、驚いていた。

頻繁《ひんぱん》にリンド・ヴルムにやってきたソーエン。グレンやスィウがいるからだとばかり思っていたが――その裏には、人間領をもっと発展させようという野望があったのだろうか。魔族も人も住み良い場所とするために。

グレンの兄は、生粋《きっすい》の政治家で、野心家だ。

「竜闘女様の志《こころざし》。リンド・ヴルムで実現した理想が、このような東の果てでも受け継がれるのは素晴らしいことだ。ソーエン、礼を言う」

「とんでもございません。リンド・ヴルムという手本があったからこそです」

「ああ、竜闘女様も喜ばれることだろう……」

苦無は息を吐いて。

「竜闘女様は、無論、人間と魔族の平穏《へいおん》を願っておられるが――それとは別に、『黒後家党』の持っているらしい、妙な代物《しろもの》を気にかけていらっしゃる」

「妙な代物、ですか……？」

「ああ、連中の集めたものの中に、どうやら私の設計図……というか製造記録……？　があるのではないか、と」

「！」

グレンははっとした。

苦無は東で作られた。死肉を一つに継ぎ合わせて生命と人格を与えた、想像を絶する呪術であるが――その記録が残っているならば。

珍しいものを集める『黒後家党』の手にあっても不思議ではない。

「確かな情報ではない。だが竜闘女様は、それを欲しておられる」

「それは――苦無さんのために？」

「そうだ。主《あるじ》に心配をかけるなど、護衛失格だが……」

苦無は自嘲《じちょう》するように笑って。

「それが主の望みなら、私は働く。ソーエン、なんでも言ってくれ。『黒後家党』の討滅《とうめつ》、および盗んだ財物の確保が、竜闘女様の願いだ。グレン医師らの様子を見ると同時に、それもまた完遂《かんすい》せねばならん」

「ほう――そうでしたか」

ソーエンはにやりと笑った。

いやな笑みだ。なにか悪いことを思いついたときの顔である。

「そうだ、護衛殿。よろしければヘィアンで酒を売り歩きませんか？」

「――は？」

「苦無様は非常に見目麗《みめうるわ》しい。明らかに人ならぬ身でありながら、元は人。そして装束《しょうぞく》も東国風です。すでにヘィアンで情報収集したとあれば、顔も知れているはず。売り子として……いや、東の魔族の広告塔として最適ではないでしょうか」

「目立つのは好まないが――」

苦無は困惑《こんわく》していた。

もともと、苦無・ゼナウはスカディを支える側近《そっきん》だ。スカディの補佐をすることはあっても、自分からなにかするタイプではない。スカディのいないこの場で、判断に迷っているようだった。

「東の者たちとの交流を広げ、『黒後家党』を討伐《とうばつ》する――竜闘女様の御心《みこころ》にも沿うのでは？」

「む、むう――」

言いくるめようとしている。口八丁《くちはっちょう》はソーエンの得意技《わざ》だ。

ソーエンの策略を成功させるためには、アルラウネの酒をより広く、多くの者に届かせる必要がある。明らかに人と異なるラミアよりも、苦無のほうがまだ馴染《なじ》みがあるかもしれない。

それこそ、人魚の肉を食べた尼僧のような伝説があるのだから。

「グレン医師はどう思う」

苦無が戸惑《とまど》ったように、グレンに意見を求めた。

「苦無さんがイヤでなければ……協力していただけると」

「きっと評判になりますよ。ネイクス家でも薬を売るときは美人を使うものです」

サーフェも同調する。

苦無はまだ悩ましい表情だった。彼女はあくまでも武人である。いきなり商売のための宣伝と言われて戸惑うのも当然だ。

「このように傷のある顔だぞ」

「気になるのであれば化粧させましょう。しかし不死人《ふしにん》の証《あかし》として残しておいてもよろしいかと思います」

「私は……傷を気にしたりしない。元より傷ばかりだからな――では」

苦無は。

拳《こぶし》を握って、覚悟を決めたように。

「その案に乗ろう。ヘイアンで酒を売る」

「まことでございますか」

「ああ、ただし――」

苦無は、グレンをちらりと見て。

「匂《にお》いをなんとかしてくれ」

「匂い……ですか？」

「ああ、防腐処理されているとはいえ、死臭はどうにもならん。さすがに死の匂いをふりまいて宣伝するわけにはいかないだろう」

グレンは首を傾げる。

苦無と話していて、死臭など感じたことはないが――。

「気づきませんでした――」

「慣れているだけだ」

苦無はにべもない。確かに死体である以上、多少の匂いはあってもおかしくはないが――グレンは今まで苦無に悪臭を感じたことはない。

サーフェも、ちろちろと舌を出して匂いを感知しているが――。

「わかりませんよ……？　苦無さん、気にしすぎでは」

「いや、匂いが強い――せっかくだ、グレン医師。私の防腐処理を頼んでいいか」

苦無は笑ってそう告げた。

医者嫌いであった苦無のほうから処置をしてくれと頼まれるとは――グレンは驚くばかりだ。人前に出るのに、苦無なりに気を遣《つか》っているのだろう。

「というわけだ。ソーエン。身支度《みじたく》を整える時間が欲しい」

「は、はあ。それはもちろん――構いませぬが」

何度言われても匂いなどしないが――。

当の苦無自身が困ったように眉根《まゆね》を寄せて、自分の二の腕の匂いをすんすんと嗅《か》いでいる。

そんな様子が年ごろの少女らしくて、少しだけ笑ってしまうグレンなのだった。


「なんで妾《わらわ》がこんなこと……」

「暇《ひま》じゃろ、付き合え」

グレンが、苦無と話している間に。

アラーニャは半ば《なか》強引に、アルルーナに連れ出されていた。川のほとりで梅を見ながらの花見酒である。

飲むのはもちろん、アルラウネから作った花の酒。

「娘はんたちと飲めばよろしいやろ」

「だぁれも年寄りの愚痴《ぐち》に付き合ってくれんのじゃ。東の観光のほうが楽しいんじゃと。まったく、母を大事にせんとバチが当たると言うたんじゃが」

「──父親もわからない子供を大量に作るような母親が、尊敬されるとは思えまへんけど」

「大事に育てとるんじゃがのう。おこづかいもたっぷりじゃ」

酒を飲みながら愚痴るアルルーナ。

金持ちの色情魔だからこそできる芸当だ。普通の市民ではそうはいかない。

「母、か……」

思うところがあって、アラーニャはわいてきた感情を、酒と共に流しこんだ。

アラーニャも酒は大いに好むところではあるが――今はあまり味がわからない。喉にからむような甘さばかり感じる。

「どうじゃ、酒の味は」

「……あんまり、わかりまへん。酒を楽しむ気分じゃありまへんのや」

「ふん、珍しいことじゃな。だがまあ、付き合え」

アルルーナは傍若無人《ぼうじゃくぶじん》であった。

花街《はなまち》の近くに住み、娼婦《しょうふ》たちの衣装も作るアラーニャにとって、アルルーナはお得意様である――あまり無下にもできなかった。

「ん、こく……」

アルルーナは、口からずっと酒を啜《すす》る。

植物にアルコールは大丈夫なのだろうか――とアラーニャは思った。

いつもは蔓《つる》から水を飲むアルルーナなのに、酒だけは口から飲むことを考えると、なにか違いがあるのかもしれない。

と思ったら――アルルーナの球根から伸びた根が、川に浸《つ》かっていた。川の水を吸い上げてアルコールを中和《ちゆうわ》しているのかもしれない。

「おぬし、若医者に言うたそうじゃな。愛人でもよいと」

「へえ。まあ……」

アルルーナもどこからそんなことを聞いてくるのか。

「無欲なことじゃな。他人のものばかり欲しがっていたお主が」

「――――」

アルルーナもまた、アラーニャの悪癖《あくへき》を知っている。

アルルーナ自身が欲望に忠実に生きているからか、そんなアラーニャの癖《くせ》を知っても特に付き合い方が変わることはなかった。

誰かの恋人を奪っては捨てていたアラーニャのことも――失恋する男が増えれば、花街が潤《うるお》う、くらいに考えていたのかもしれない。

「それ、もうやめたんどす」

「ほう」

「他人のものは欲しくない。自分だけの、大事なものがあるから――それを壊したくない。奪いたくない。妾が妙に関《かか》わってこじれるくらいやったら、センセはサーフェと、仲良くしてくれたら、それで……」

それは、アラーニャの心情だった。

酒のせいで、舌が回る。アルルーナくらいにしか言えないし、だからこそアルルーナもこうして酒に誘ってくれた。

それは、わかっている。

「センセが好き」

「うむ」

「でも、サーフェも大事な友達どす。だから――二人が幸せになるのであれば、妾は愛人でもなんでも、構いやしまへん。妾のせいで、それが崩《くず》れるのだけは嫌や。母の残した『黒後家党』のせいで、センセになにかあったら……妾は……」

「それは真《まこと》にお主の幸せか？」

アルルーナの言葉に、アラーニャは返答に困る。

「自分の幸福を勘定《かんじょう》に入れずに、他者のそれを願っても、ろくなことにならんぞ」

「――でも」

「わしを見ればいい。己《おの》が幸福のため、己の欲望のままに生きておる」

「そうは見えまへんけどな。リンド・ヴルム一の篤志《とくし》家が」

アルルーナはくっくくと笑った。

篤志家、福祉《ふくし》に熱心な蓄財《ちくざい》家。そう呼ばれるのが、アルルーナ自身はあまり好きではないようだった。

「わしが篤志家ねぇ――一つ、たとえ話をしてやろうか」

「はい……？」

「リンド・ヴルムに飢《う》えた子どもがいたとする――いや、そんな貧しい子どもはおらぬが、仮に、な」

「へぇ」

「わしは金を施《ほどこ》すじゃろう。それが慈悲《じひ》と思うか？　福祉だと思うか？　わしを優しいと思うか、アラーニャよ」

アラーニャは少しだけ考えて。

「――そりゃ、お優しいなとは思いますえ」

「そうか？　じゃが、その子どもが金を握りしめて買うものは、おそらく農園で作った食べ物であろうな」

「……あ」

「子どもは作物を買う。農園の売上となり、わしの金となる。わしはまた施しをするじゃろう――こうしてぐるぐると金が回ることが、すなわち経済よ」

アルルーナは笑う。

彼女はリンド・ヴルムにおける経済の要《かなめ》だ。大金持ちであるから、議会に多額の寄付をしている。リンド・ヴルムが出費を気にせず大工事を行えるのも、彼女あってこそ――それに伴《ともな》い、雇用《こよう》が生まれ、街が発展する。

「……なにが言いたいんや」

「目に見えぬ幸福も、同じということじゃ」

アルルーナは息を吐いた。

「お前が幸福になれば、それだけで喜ぶものがある。不幸になれば悲しむものがある。誰のことか、言わずともわかるな」

「…………」

「幸福というものは、貨幣《かへい》のように形がないが——分け合い、施し合えば皆に返ってくるのは経済と同じ理屈。お主のように、自分の幸福を勘定に入れない行為は、この流れを止めることに他ならぬ。誰のためにもならぬぞ」

リンド・ヴルムの金庫番の言葉に、アラーニャは沈黙した。

金と幸せを同列に語るのは、ともすれば不謹慎《ふきんしん》だと思われるが——アルルーナにとっては、金は手段でしかない。彼女が望むのはあくまで愛欲であり、物欲ではない。

その意味では。

自分の物欲は満たしたが、娘からは嫌われ続けたアラーニャの母と、アルルーナは正反対なのかもしれない。

「もっと自分の幸せも考えてみたらどうじゃ」

「わからないんや」

酒を飲み干す。

いつの間にかアラーニャの杯《さかずき》は空《から》になっていた。味もわからないのに、飲み干してしまったらしい。

「センセの幸せは願っても――自分にとっての幸せがなんなのか、妾には全然、わからへんのや」

「くく。だから若医者のことばかり願うのか。それはそれで愛じゃろうが」

アルルーナは、まるで娘を見るかのように笑った。

「考えておけ。お主の満足こそ、お主を娶りたいと望む、若医者の満足じゃ」

「他人のお世話に熱心どすなぁ、アルルーナ様は。娼婦の救済に、孤児院の運営に……本当にお節介《せっかい》が好きなお方」

「言うたじゃろう。他者の満足はわしの幸福よ」

アルルーナが笑う。

「金と幸福を振りまいたとき――その輪の中心で、もっとも稼《かせ》ぎ、最も幸福になるものがわしじゃ。わしは、最初から、わし自身の満足のみを追求しておるだけじゃ」

「まあ、大変やな。悪いお人」

経済の原則を考えれば、アルルーナの言は事実なのだろう。

そして、それは利己《りこ》的なだけではない――アルルーナ自身の哲学によるものだ。

彼女の考えを知りつつも、ついつい本音を語ってしまうアラーニャだった。ちょっと悔《くや》しいけれど、彼女を頼りにしてしまう。

全部アルルーナの掌《てのひら》の上だった。

「アルルーナ様は苦手なもの、ないん？」

仕返しのつもりで、そんなことを聞いてみる。

「あるぞ」

「へぇ？　なに？」

「言うたじゃろう。わしは経済を大きく回すことで望みを果たす。ゆえにわしが嫌うのは、その金の流れを遮《さえぎ》り、他者に流さず、小さい利益のみをわが物としてとどめるものじゃ——なんのことかわかるか」

アラーニャは首を振った。

アルルーナは忌々《いまいま》しそうに、酒を飲み干す。

「それは盗人《ぬすびと》——つまり『黒後家党』のごとき連中よ」

温厚な植物娘が、吐き捨てるようにそう言った。

彼女が怒るのは珍しい。

アルルーナの激情が垣間見《かいまみ》えた気がして——それがまた酒の肴《さかな》に丁度《ちょうど》よい気がして、アラーニャは少しだけ笑うのだった。

苦無・ゼナウは、酒を売ることを承諾《しょうだく》した。

しかし自分の匂いが気になる――らしい。

何度嗅いでも、死臭など感じないのだが、苦無たっての頼みとあって、グレンは準備を進めていた。

「先生、里で手に入る材料で、どうにか防腐剤は作れましたよ」

「うん、ありがとう。サーフェ」

サーフェは瓶《びん》に詰めた防腐剤を見る。遺体に使う防腐剤は劇薬だ。気化した成分を吸い込んだだけでも体調に関わる。

勝手の違うソーエンの里で、材料を手に入れて防腐剤を作るのはさぞかし大変だっただろう。

それでもやり遂《と》げてしまうあたり、サーフェの薬師《くすし》としての実力が窺《うかが》える。

「すまんな、サーフェンティット殿」

「いいえ。これも仕事ですから」

サーフェはにこやかに笑う。

リンド・ヴルムの診療所にはアンデッドの常連もいる。防腐剤は取り扱いには気を遣うが、魔族診療においては重要な薬剤であった。

グレンは借りている屋敷の一室で、苦無と向き合う。

用意したのは切開のための手術用ナイフや、防腐剤。それに一度使用した防腐剤を戻す空《あ》きであった。

瓶とコルク。コルクは東ではなかなか手に入らないので、リンド・ヴルムから持ってきたもの
「では、よろしく頼む」

「あの……苦無さん、本当に、匂いは気になりませんよ？」

「あっ、あまり嗅ぐな！」

苦無が両手を胸に当てて、自分の身を守るような仕草。

「いいか、お前たちは慣れているだけだ！　普段から私の縫合《ほうごう》を行い、あまつさえ墓場街に出入りしている！　鼻の感覚が死んでいるんだろう！」

「そんなことはないですよ……」

グレンは苦笑する。

しかし苦無は自分が匂うと信じて疑わない様子だ。そういう不安を取り除くのも医者の務めだとグレンは思うし、防腐処理はアンデッドにとって不可欠な処置だ。

「竜闘女様の命を受けた以上、『黒後家党』の征伐《せいばつ》は為《な》さねばならん。それに……連中が持っているという、私の設計図も手に入れたい」

真剣な表情で、苦無は告げた。

「やはり……自分の出自は気になりますか？　苦無さん？」

「ん？　ああ、いや——正直、私は自分のことはどうでもいい」

「え」

　苦無があんまりさらりと言うので、グレンは思わず聞き返してしまった。

「この身は死体だ。生物の理《ことわり》に反した肉体だ。本来は土に還《かえ》るのが道理だと思っている。事実、竜闘女様に拾っていただかなければ、いつかは朽《く》ちた身だしな」

「では――」

「だが、竜闘女様はお優しい。今はどうにか、竜闘女様の呪術でこの身を永《なが》らえさせているが――私の開発者の研究記録があれば、私をさらに長く使えるとお考えだ。この身を動かす原理がより深くわかれば、竜闘女様の負担も軽くなる」

　スカディはそんなことを考えて、苦無に命じていたのか。護衛を慮《おもんぱか》るスカディの想いがあったのだ。

「私自身は構わぬが――これから竜闘女様に長くお仕《つか》えするためにも、開発者の設計書はなんとしても手に入れたい。すまんがグレン医師、よろしく頼むぞ」

「はい、僕としても全力を尽くします」

　長寿のスカディには、長く生きられる部下が必要だろうと思えた。

　その点、苦無は忠誠が揺らぐことはあり得ないし、適任だ――彼女がより長く稼働《かどう》し続けるためには、グレンの技術も必須《ひっす》である。

「とりあえず始めましょうか――治療台に横になってもらえますか？」

「うむ」

苦無は頷く。

東には、西のような寝台は存在しない。適当な木製の台に布をかぶせて、仮の治療台として使っていた。

治療台にうつ伏せになる苦無。グレンはまず、彼女の頸椎《けいつい》にあるマキモノに触れた。

「失礼します」

マキモノが刺さっているのは、苦無の背中にある、頸椎および脊椎《せきつい》を模《も》した金属パーツ――これがマキモノと死肉を接続しているのだと思われる。

グレンは、事前に苦無から聞いていた通りに。

背中の留め金を、かちりかちりと外していく。死肉にがっちりと食い込んでいる金属が緩《ゆる》んでいった。そのまま、持ち上げるグレン。

鉄製らしく、相当に重い。

「外れたか。慎重に扱えよ」

「承知《しょうち》しています」

グレンの手にある、マキモノの刺さった金属。

信じがたいが、このマキモノこそが、苦無の本体なのだ。グレンは慎重に金属を外していく。

赤いチューブがいくつも体内へと繋《つな》がっていた。これを切ってしまうと、おそらく完全に死肉との接続が切れてしまう。

（改めて……すごい技術だ）

どうなっているのかまるでわからない。

露出《ろしゅつ》した苦無の首回りにも、死肉と金属を組み合わせたようなパーツが各所にある。どういう技術なのかグレンには想像もつかない。

「首部分に金属の穴が見えるだろう」

首の八割を失った状態になるが、苦無は平然と喋《しゃべ》っていた。彼女の言う通り、パーツを取り外した接合部に、細い穴がある。

「は、はい」

「そこへ防腐液を流し込んでくれ。そうすれば、私の全身に回る」

エンバーミング――死体防腐処理の基本である。

本来の死体は、頸椎周辺の血管から防腐液を流し込む。その防腐液も一定期間中に交換せねばならない。死肉の縫合以外にも、苦無はそうした自分の身体のメンテナンスを行っていたのだろう。

「こんな穴が――でも、苦無さんはいつも、血管は空ですよね」

「ああ、本来の死体処理では、防腐液を体内に残すが――私は戦闘用で、しょっちゅう腕も脚《あし》も吹き飛ぶ。そのたびに劇薬が飛び散っていてはどうしようもないからな……死肉には防腐剤を染《し》みこませたあと、また吸い出してもらっている……」

「そういうことでしたか」

そもそも最初に苦無と会った時は、血管の縫合もろくにやっていなかった。

ならば防腐液の注入もおろそかにしていたに違いない。どうせ朽ちる体だからと、粗雑《そざつ》に扱っていたことが窺えた。死肉とはいえ、自分の身体なのだから大事に扱ってもらいたい。

「防腐液の用意、普段は自分で？」

「いや……竜闘女様や、支配人の手を借りることもある。いずれにせよ血管から流し込む手法は、グレン医師に処置してもらってから始めたものだ」

「なるほど、では……及ばずながら、お手伝いさせていただきます」

グレンは言う。エンバーミングの専門であるモーリーほどには上手《うま》くできないかもしれないが、グレンにも技術がある。

サーフェが、先端が金属製になっている透明なチューブを、苦無の穴に差し込んだ。

「んんっ」

苦無が声をあげる。

痛みはないはずだが、苦無にも触覚がある。さすがに体内に異物を挿入《そうにゅう》されては、無反応ではいられないようだ。

「では、体内に防腐液を流し込んでいきますね」

「んっ。た、頼む……」

サーフェが使うのは、蛇腹《じゃばら》状の手押しポンプである。

ポンプを手動で操作することで、苦無の血管へと防腐液を注入する。瓶から吸い上げられた液体が、ポンプで苦無の体内へと運ばれる。

じゅる。じゅる、と。

「ん。んっ」

ずっ、ずっと防腐液が苦無の中に注入されていくたびに、苦無が声をあげた。

血管に直接、大量の薬剤を流し込まれる感覚とはどのようなものだろうか。人間であるグレンには想像するほかない。

薬剤にはほのかに花の香りがした。アルラウネ由来の花だろうか。サーフェが気を利《き》かせて、そうした匂いを混ぜることで芳香剤の効果も狙っているのだろう。苦無の身体に薬剤が入ることで香り始める。

防腐剤にはほのかに青く着色してあった。これは体内に入ったとき、容易に識別するための仕掛けである。

「——苦無さん、防腐液を最後に注入したのはいつですか？」

「……半年前だ」

「最低でも月一で処置をお願いします」

サーフェが苦言を呈した。

「わ、私だってな、定期的にやりたいのだ。だがな、竜闘女様の護衛に加え……闘技場の闘士たちに訓練を頼まれたりすると……その、どうしても時間が、だな……」

「お忙しいのはわかりますが……」

サーフェは呆《あき》れる。

アンデッドであろうとも、腐敗の定めからは逃れられない。全ての物質は劣化していく。

苦無も、適切に処理された死肉ではあるが、だからこそメンテナンスは重要である。防腐液の注入をサボると、肉の腐敗も避けられない。

（だから匂いを気にしていたのか……？）

今更《いまさら》ながらグレンは気づく。

普段の生活で、苦無は死臭や腐敗を気にはしていなかった。多忙な竜闘女の護衛であるからこそ、彼女もまたゆっくりする時間はないだろう。

むしろ職務には忠実な苦無だから、休息もとらずにスカディに付き従っていたのかもしれない。

ポンプが操作されて、防腐液が流し込まれている。瓶の中身が空になれば、次の瓶へとチューブの先を突き刺す――劇薬が気化しないように、コルクの蓋《ふた》に吸込口を差し込んで、薬剤を吸い出すことになる。

「んっ……んぐっ」

「どうですか?」

「ん、順調――だな。んんっ」

苦無自身にも問題はなさそうだ。このまま全ての薬剤を注入し終えたならば、一時間ほどそのままにして、今度は逆に吸い出していく。

それで治療は完了である。

「――全部入ったかな?」

防腐剤の入った瓶が空になったのを確認するグレン。

「むう――」

「苦無さん? どうかしましたか?」

眉根を寄せて呻《うめ》く苦無。グレンが尋《たず》ねると、彼女は顔を上げて。

「なんというか――腹が重いのだが、気のせいだろうか」

「重い?」

グレンは首を傾げる。

「ちょっと失礼しますね」

苦無は横になった苦無の腹に触れた。

苦無の胴は鍛《きた》え上げられた腹筋《ふっきん》で覆《おお》われている。軽く押して、硬《かた》い腹筋の向こうにある内臓の感触を確かめてみる。

「んっ、んんっ……！」

「ああ……これは」

内臓の感触と共に、水のような触感があった。グレンはすぐに察する。

「注入した防腐液が漏《も》れていますね」

「――なんだと？」

「どこかの血管から、防腐剤が漏れて――それが腹部に溜《た》まってしまったのだと思います。すみません、先に血管のチェックをするべきでした……」

「そうか、そういうこともあるのか」

グレンもため息をついた。

苦無の腹に触れて、軽く揺する。幸い、腹に溜まった防腐液はさほどの量ではないようだった。どこの血管から漏れたかわからないが、そちらの処置もせねばならない。

「やり直しか？」

「いえ、それだと大幅に時間がかかってしまいます――別の位置から、追加の防腐剤を注入していくべきでしょう」

「ふむ？」

グレンは、苦無の肌《はだ》を観察する。

死肉で色の悪い肉であるが、よく見れば内部の血管は透けている――特に防腐剤の注入された血管はわずかに隆起《りゅうき》して、青みがかっている。

腕、腹部、脚《あし》などを観察して――。

「ああ、脚に届いてないですね」

脚に青い色の血管がないことを見抜くグレンだった。苦無が、うっと顔を変えてしまう。

「あ、脚か……」

「太ももには、大腿動脈《だいたいどうみゃく》という大きな血管があります。丁度いいので、ここから防腐液を入れていきましょう」

「う、うむ……」

苦無は気が乗らない様子だった。そういえば苦無は前に脚を縫合した時も、妙に反応が大きかった。脚が敏感らしい。

「内股《うちまた》の筋肉を切開して、チューブを挿入していく形になります」

「う、うう……だ、大丈夫なのだろうな？　その、あまり声がでるような……」

「声は――わかりませんが。以前苦無さんの脚を繋いだときに、大きな血管も縫合しています。位置は把握《はあく》しているので、すぐに処置できますよ」

「すっかり私の主治医だな、お前は――」

苦無は諦《あきら》めたように息を吐いて。

「わかった、やってくれ」

「はい。それでは、まずは上半身を起こしてもらえますか？　脚は少し開いて……」

「う、うむ」

苦無が上体を持ち上げた。

両膝《ひざ》を立てて、脚を開く。

苦無の前掛けが股間《こかん》を隠すが、むき出しの太ももは鼠径部《そけいぶ》近くまでめくれ上がってしまう。

もっとも、大腿動脈は内股にあるので、露出していなければ困るのだが。

「サーフェ、首のほうはよろしく」

「はい。頸動脈《けいどうみやく》は私がチェックしておきます」

サーフェに伝えると、彼女は万事《ばんじ》わかっているとばかりに頷いた。

「よし――」

グレンは準備していた鞄《かばん》から取り出す――注入に使ったのと同じ、先端が金属になっているゴム製チューブである。

先の金属は斜《なな》めに切断されている。皮膚《ひふ》でも容易に貫《つらぬ》きそうな鋭利《えいり》な切っ先を、グレンはじっと見つめた。

「このチューブを挿入していきますね」

グレンは手術用ナイフを手に取った。

そのまま苦無が開いた脚の間に、顔を寄せていく。苦無の内股、大腿部《だいたいぶ》を切開する。

「んんっ……」

深めに切る。切り裂かれた肉の隙間《すきま》の向こうに、太めの血管が見える。グレンはそこも容赦《ようしゃ》なく、手術用ナイフで切り裂いた。

「ふっ、んぁぁぅ……」

さすがに血管を切られては、苦無も声をあげざるを得ないようだ。

人間だったら、無遠慮に太い血管を切れば血液が噴き出すだろうが――血管が空っぽの苦無には、その心配はいらない。

「では、挿《い》れていきますね」

「う、うん、ふぁ……っ」

切り裂いたところから、血管にチューブの先端を差し込んでいく。

「ん、んぐっ」

「もし痛かったら言ってくださいね。内臓を傷つけることはないと思いますが――」

「痛くはないが――んっ、いや、ちょっと冷たいな」

グレンは見えない苦無の体内を探っていく。

もちろん先端の鋭利なチューブをむやみに動かしては、苦無の血管内を傷つけるおそれがある。動きは最小限に。

それでいながら、抜けないよう奥まで差し込まねばならない。

「んっ、んひゃっ」

冷たい金属が体内を這《は》う感覚に、苦無が声をあげた。

麻酔《ますい》もせずに器具を挿入するのは、アンデッドでもなければ無理な芸当だろう。苦無には痛覚はないはずだが、体内の異物感はどうしようもないようだ。

「あっ……うう……っ」

「そろそろいいかな……では、注入していきますね」

「あ、脚の内側になにか入ってるというのは――うう、変な感じだ」

苦無は唇《くちびる》を嚙《か》んでいる。

恥《は》ずかしいというより、異物感がよほどつらいのだろうと思われた。

「ゆっくりやっていきますので」

「で、できれば手早く終わらせてもらいたいが――んんあっ」

グレンがポンプを操作して、防腐液を注入していく。

「んっ、あぅあ……っ、うひぁんっっ……っ」

苦無がまた声をあげた。

「く、苦無さん?」

「だ、大丈夫だっ。液体を入れられる感覚がが……んんっ、おあぅう……!」

苦無の脚がびくびくと震える。

「あっ、んんんぁっ……ふひゃうっっ！」

グレンはポンプを手で操作して、防腐液を押し出していく。苦無の太ももの血管に、青みがさしていき、防腐液が順調に血管を巡《めぐ》っているのがわかる。

「んっ、く、くひぃぃっ……」

「苦無さん、戦闘では強いのに――」

サーフェが意外な声をあげた。

「う、うるひゃい！　脚は、脚はダメなんにゃっ……！」

ちょっと呂律《ろれつ》が回っていない。

とはいえあまり時間もかけていられないので、グレンは構わずポンプで防腐液を押し込んでいった
一押しごとに、圧力が血管内を刺激するのか、苦無が反応していく。

「んんっ！　あっ、ふあぁぁんんっ！」

サキの時のように、また誤解されそうだ、と思うグレンだ。

まあ苦無の処置をすることは皆に伝えてあるし、問題はないだろう――多分。

「あまり動かないでください、苦無さん」

「しょ、しょんなこと言われてもぉ……あっ、んあぁぁっ！」

苦無の反応は止まらない。

なぜ脚ばかりこのように反応するのだろうか。『黒後家党』が持っているという設計図があれば、その辺《あた》りの事情も判明するのだろうか。

「仕方ない――サーフェ」

「はい。止むを得ませんね」

しゅるるる、と。

苦無の身体に、蛇《へび》の胴体が巻きついた。苦無の両手首を縛《しば》る。

苦無は両手を上げて吊《つ》り下げられたような形だ。もちろん実際に吊られているわけではなく、両脚は開いたままベッドの上に座っている。

「な、なにをするっ！」

苦無が抗議の声をあげるが――。

「すみません、あまり動くと血管内を傷つけてしまうかもしれないので」

「だ、だからと言ってこの姿勢は……んんっ、ひゃうぁ！」

「申し訳ないと思いますが、治療なので」

グレンは取り合わない。

せめて手早く終わらせようと、グレンは急いでポンプを操作する。瓶から吸い上げる防腐液が一気に、苦無の脚へと注入される。

「ひゃぁっ、はうっ！　んあああぁっ！」

ずっ、ずず、と。

防腐液の注入を観察するグレン。苦無の脚がぴくぴくと跳《は》ねるが、グレンは彼女の足首を押さえて固定した。

サーフェの助けもあり、かなり保定《ほてい》がラクになっていた。

「んあぁぁ……んっ、んッ……！　う、うんゃぁぁんっ……！」

「すみません、もう少し」

「ううぅぅ〜、んおぁぁ……」

苦無は既に涙目であった。

身体構造上、泣く機能はないはずなので、おそらくは眼球の保護液だろう。

「ひぃんっ！」

「すみません苦無さん。もうちょっと我慢《がまん》していただければ」

グレンがそう言うと、苦無がきっと睨《にら》みつけて。

「お、お前ぇ……！　さっきからそればっかりじゃないかぁ！　あっ、んんぁっ、ひゃ、うひゃううっ」

じゅぼじゅぼと。

グレンはまたポンプを操作する。まだ下肢《かし》の全てに行き渡っていないと判断したからだ。

「うぅぅあぅ〜〜〜！　い、いい加減にしろぉ……んんっ！　そ、そろそろ、脚がぁ、限界なんだがぁ――」

「痛みがありますか？」

「痛みは……な、ないけどぉ……お、押し上げられてるような、引っ張られてるような、変な感覚だ……あっ、んひゃっ」

両手を縛られた苦無は、どんな顔をすればいいのかわからないといった様子だ。

グレンはポンプを強めに押していく。

ひときわ強く、苦無の内ももの血管が膨張《ぼうちょう》するのが見えた。

「あっ、きゃっ、んひゃぁぁうんんんっ……！　お、お前ぇ、私の身体にさっきから入れたり出したりと……あっ、ぁううっ」

苦無の身体がびくびくと震える。

グレンは意識を集中させ、最後に残った防腐液までしっかりと苦無の中に注ぎ込んでいく。

「んんっ、んんんっ！　んひゃあぁぁぁあううう――ッ！」

苦無の声がひときわ甲高《かんだか》くなった。

グレンは治療が終わったのを確認して――チューブを抜き取るのであった。

「はぁ、はぁ……んぁぅっ、はぅ……」

苦無は疲れたとばかりに、ぐったりとその身を治療台に横たえるのだった。

「——どうだ」

治療を全て終えて、苦無が聞く。

なんとなく花の芳香が漂っている気がする、もちろん死臭など感じない。治療台に腰かけた苦無は、しきりに自分の匂いを気にしていた。

「はい、いい匂いだと思います」

防腐剤は全て抜き取った。瓶の中には、苦無の身体を巡った防腐剤が入っている。肉片がわずかに浮いていることからも、苦無が今までいかに身体のメンテナンスをサボってきたかがわかる。

「一週間程度で香りは終わってしまいますが——」

「十分だ、サーフェ殿。もし次の機会があればお願いしよう」

サーフェも自分の特製防腐剤の出来に満足している様子で、珍しく得意げな表情をしているのだった。

「しかし——乱暴な治療だな。もう少し何とかならないのか」

「すみません……ですがその、苦無さんが動くので」

「う、うるさいっ！　脚はダメだと何度も言っているだろう！」

苦無は服の裾《すそ》で、脚を覆い隠した。

裾が短すぎるので、正直言ってなんの防御《ぼうぎょ》にもなっていない。だが、苦無としては心もとないのだろう。

「まあ、苦無さんくらい、治療に抗議するほうがいいですね」

サーフェがとんでもないことを言い出す。

「ど、どういう意味？　サーフェ……」

「そのままの意味ですよ。グレン先生はなぜか、ティサリア、ルララさん、アラーニャ、それに……スカディ様にプラムもかしら。治療をするたびに恋人候補が増えるので」

「そんなつもりはないんだけど」

グレンはあくまで、真摯《しんし》に医療行為をしてるだけである。

だがサーフェは、ほうとため息をついて。

「一人くらい、医者に文句を言う患者さんがいてもいいかもしれません。苦無さんは結婚相手候補にはならないでしょうし」

「ははは。手厳しいな。サーフェンティット殿。たしかに私は微塵《みじん》も、グレン医師に興味がない」

苦無が苦笑する。

わかってはいたが、自分は何故フラれたようになっているのだろう――と理不尽を感じるグレンであった。

「この身体だ。生者と連れ添っても悲劇なだけだし、なにより私は竜闘女様のお世話で忙しい。結婚する気などないから案ずるな」

「はい、それを聞いて安心しました」

「だがまあ――」

苦無は。

ちらりとグレンを見た、その視線は、グレンの顔ではなく――首から下を、何故か熱く見つめている。

「グレン医師が死んでから、その肉体の一部分をもらい受けるくらいは、いいかもしれんな」

「いっ!?」

「死んだグレン医師が、私に一体なにを語るのか、結構興味があるぞ。どうだ、グレン医師、今のうちに死後の身体を予約させてくれ。そうだな――その器用な指先が欲しいぞ」

「ど、どうと言われましても」

苦無が顔を近づけてくる。

本気でグレンの肉体を狙っているようだった。死後の身体目当てというのはどうなのだろう、と妙なことを考えてしまう。確かに苦無の肉体は男女問わず接合されているのだが――。

サーフェの尻尾が、がらがらと警告音を立てた。

「だ、ダメです！　そんなの許しませんから！」

「なんだ。ケチケチしなくてもいいだろう。どうせ死体だ」

「だーめーでーすっ！　死んでもグレン先生は私のものなんですから！」

「そこまで重い女は嫌われるぞ？」

「お、重くないですッ！」

グレンははは、と笑う。死んだ後の自分の肉体のことなど、考えもしなかった。

サーフェに強く言われても、苦無はどこ吹く風だ。

「死んだ後のことは、誰にもわからんぞ？」

苦無にそう言われて、グレンは困ってしまう。

しかし、医者嫌いであった苦無が、そんなことを言うようになるとは――人間、いや魔族の変化も著《いちじる》しいのだなと、グレンは思うのだった。


数日後――。

グレンたちは、里の郊外にある、小高い丘に立っていた。

「ヘイアンで、酒を売ってきた。気持ち悪いものを見る目の輩《やから》もいたが――それより魔族の商品を死体が売っている、という物珍しさが勝ったのだろう。飛ぶように売れたぞ」

「ありがとうございます、苦無さん――それで、あの物々《ものもの》しさですか」

苦無らと共に見下ろすのは、島の周囲の海――帆船《はんせん》がいくつも、島の周りを取り囲んでいるのだった。

グレンには見えないが、様子を見に行ったスィウから、武装した武者が乗っているとの話も聞いている。

「里の場所が公《おおやけ》になったのですね」

「うん――正確には、兄さんの所領で魔族を匿っていることを、だけど」

「魔族がいるというだけで島を囲むなど、なにを考えているのだか」

サーフェが呆れる。

島に集まった船のほとんどが、魔族に対する偏見《へんけん》と物珍しさで集まった野次馬《やじうま》だという。人間領の政治機関である元老院には、今頃ソーエンが必死に説明しているはずだった。

「まあ、今は遠巻きに眺《なが》めているだけだ。あの中に『黒後家党』がいるのか？」

苦無が目を凝《こ》らす。

あの沢山《たくさん》の船の中に『黒後家党』の船が混じっていても、ここからではそうとはわからないだろう。丘から見える船の数はおよそ十五隻《せき》ほど。見えない位置にはもっといるはずだ。

「ここはソーエン様の私領でございます。仮に元老であっても許可なく立ち入ることは敵《かな》いません。――まあ、ヘィアンはてんやわんやでございましょう。家系図を遡《さかのぼ》ると、どの家にも鬼の血が混じっている、などという話が広がっては」

サキが静かに告げる。

彼女の手には薙刀《なぎなた》があった。万が一の時のために警戒《けいかい》しているのだ。

「でも、今まで鬼を排してきたのです。へィアンの騒ぎはいい気味ですわ」

ふふふ、とサキは淑《しと》やかに笑った。

彼女なりに人間領に恨《うら》みつらみがあるのかもしれない。普段は表に出さないが、様々な苦労もあったのだろう。

「先生の治療の結果が、人間領を変えたのですね」

サーフェが言う。

ソーエンは、グレンの診療記録を元にした論文を、人間領で衝撃発表した。鬼と人の間に種《しゅ》の違いはなく、どちらも本来は同じ生き物――あるいは遙《はる》か昔から、人には鬼の血が混じっているという事実を。

「……僕が変えたつもりはないよ」

だが、グレンにはそんな実感はない。

「スィウの治療で得た事実は変わらないんだから。もちろん人間領は大騒ぎだろうけど――人間の作った社会とか、鬼への偏見とかは、全部、人間側の事情。僕はただ、やるべきことをやっただけだから……」

「先生らしいですね」

サーフェが微笑《ほほえ》んだ。

グレン自身が、なにかを成《な》した、という実感はなかった。人間領の偏見がどうあろうと、医学的な真実は変わらない。グレンは隠れていたそれを、発見しただけだ。

――とはいえヘィアンの中には、グレンやソーエンのことを『人と鬼を同一だと語る異端《いたん》思想の持ち主』と非難する者もあるだろう。人は大抵《たいてい》、見たいものしか見ない。

学術的に正しい態度ではないので、グレンは無視してしまうが――ヘィアンで暮らし続けるソーエンは大変かもしれない。

「戻りましたわー！」

「で、御座《ござ》る！」

などと考えていると。

槍《やり》を携《たずさ》えたティサリアと、刀《かたな》を持ったスィウが、連れ立ってやってきた。暇なときは稽古《けいこ》なども一緒にしているらしく、すっかり仲良しだ。

その様子は姉妹のようですらある――見た目は似てないが。

「おかえりなさいティサリア、どうでしたか」

サーフェの問いに、ティサリアは大きな胸を張って。

「島をくまなく回りましたが、怪《あや》しい者はおりませんでしたわ」

「山も分け入ったで御座るが、『黒後家党』が潜《ひそ》んでいる気配はなかったで御座る！　……少なくとも今、この島にいないのは事実で御座る！」

即席警邏《けいら》隊とも言うべき二人が断言した。

ティサリアの蹄《ひづめ》であれば、島を駆けるのはたやすい。スィウは武人としての経験に加え、鬼の角《つの》を利用した独自の気配感知能力がある。里を巡回して怪しい賊徒《ぞくと》を見つけ出すのには適任だろう。

「ありがとうございます、お二方。私も警戒しますゆえ、引き続きお願いいたします」

「里の警護は任せろ。怪しい船が来たらルララが教えてくれる……不埒《ふらち》な賊徒め、全員叩きのめしてくれる」

サキが頭を下げ、苦無が拳をばきり、と鳴らした。

苦無にとっては、酒の売り子などより、警備のほうが本業である。これだけ戦いに長《た》けたものが集まっていれば、仮に『黒後家党』の襲撃《しゅうげき》があっても一網打尽《いちもうだじん》にできる。

頼もしい限りだ。

「センセ」

「うわっ」

などとグレンが考えていると。

いきなり後ろから首筋を撫《な》でられる。驚いて振り向くと、いつの間にやらアラーニャが立っていた。

「ふふ、びっくりした？」

「アラーニャさん……」

「里の周りに、糸の罠《わな》をしかけて参りましたえ。暗闇《くらやみ》でこの罠に気づくのは至難《しなん》の業《わざ》どす……迂闊《うかつ》に入ってくれれば、妾に伝わります……備えは万全《ばんぜん》やな」

「あ、ありがとうございます。わざわざ」

グレンがそう言っても、アラーニャの表情は硬い。

「センセに万が一のことがあったら、妾が妾を許せまへんもの。愛人ごときのせいで、センセが傷ついたら……」

「──アラーニャさんのせいではないですよ」

「………」

まだアラーニャの考えは変わらないのだろうか。

彼女は難しい顔で黙り込んでしまった。里の備えは万全であっても、アラーニャがこの調子で、父の許しなど得られるだろうか。

グレンの悩みは尽きない。

「──一両日中にはソーエン様も戻られます」

サキはそう言って。

「いずれ『黒後家党』はやってくるでしょうが、これだけの備えがあれば易々《やすやす》と酒を盗《と》られることもないはず。皆様、お手数をおかけしますが、なにとぞお願いいたします」

サキが重ねて頭を下げる。

里を守る魔族たちは、揃《そろ》って力強く頷くのだった。


だが。

あらゆる備え、警備も虚《むな》しかった。

ソーエンの里に火が放たれ、『黒後家党』による略奪が行われたのは——そのわずか数日後のことであった。

症例4　フェロモンのアラクネ

里への襲撃《しゅうげき》は一瞬だった。

深夜にどこからかやってきた、顔を隠した男たち――『黒後家党《くろごけ》』は、瞬《また》く間に盗賊《とうぞく》行為を働いた。

不思議なことにティサリア、スィウ、苦無《くない》の警戒網《けいかいもう》をすり抜けた『黒後家党』。

彼らはまず、手近な屋敷に火をつけた。

里を預かり指揮を執《と》るサキは、焼かれた家屋の住民救出を優先し、ティサリアらもそれに従う。しかしその騒ぎに乗じて、酒蔵《さかぐら》から酒が盗まれてしまった。

全《すべ》てはあっと言う間に、立て続けに起きたことである。

サキは住民の安全を最優先するしかない。そちらの対応に気を取られている間に、彼らは目当てのものを盗み出した。

その鮮やか過ぎる手際《てぎわ》に、里の者たちは、為《な》す術《すべ》もなかった。

ぱちぱちと、木の弾《はじ》ける音がする。

土の焼ける匂《にお》いがする――里に火をつけられた、醜悪《しゅうあく》な匂いだ。

ルララが川から、水を放っている。水かきのついた手で放水することによって、燃えた家屋も徐々《じょじょ》に鎮火《ちんか》している。

川に近い建物は、ルララや人魚たちの働きで、軽微な被害だ。だが――。

「申し訳ありません……」

サキが唇《くちびる》を噛《か》む。

炎によって燃え落ちた建物を見つめた。

彼女の腕には、軽度の火傷《やけど》。グレンは軟膏《なんこう》を塗って、包帯を巻く。

火をつけられた建物の多くは、倉庫として使っている無人の建物であった。しかし、一軒、身寄りのない魔族の子どもらが集められている屋敷があったのだ。

里の大人たちで代わる代わる面倒《めんどう》を見ているらしい。たまたまサキが一緒にいたおかげで、子どもたちを燃える屋敷から助け出すことができたが――。

なんと彼女は、焼けて倒壊した柱を持ち上げたらしい。無茶をする。

「グレン、どうだ」

ソーエンが心配そうに尋《たず》ねる。

「サキさんの火傷自体は軽傷です。鬼の肉体は頑丈《がんじょう》ですね」

とはいえ、サキがいた建物は、炎に覆《おお》われたらしく、すっかり焼け落ちている。里への被害は小さい、というわけにはいかない。

「不覚を取りました——まさか火付けとは」

「薬で処置をしたので、火傷の痕《あと》は残らないと思います。他に怪我人《けがにん》は？」

「それは私だけのようです。助かりました、弟君」

子どもたちも全員、無事だ。

煤《すす》で汚れたアラクネの少女が、ぐすぐすと泣いている。アラーニャが構っていた少女だ。怖かったのかと思いきや、何故《なぜ》かアラーニャに謝っている。

「ごめんなさい……あらーにゃ様……もらった毬《まり》、焼けちゃった……」

「ええのええの。つむちゃんが無事で本当に良かったわぁ。今度もっといい毬、作ってあげよな」

泣いている少女を、アラーニャが抱きしめる。

「火をつけた連中には……天罰《てんばつ》がくだるやろうね」

口元はいつものように、飄々《ひょうひょう》とした笑みを浮かべているが——その目が一切笑っていないのを、グレンは見逃さなかった。

アラーニャも、『黒後家党』の所業《しょぎょう》に怒っている。

「先生、火は収まりました」

サーフェがするりと寄ってくる。尻尾《しっぽ》には消火に使ったのだろう桶《おけ》をぶら下げている。

「ありがとう。サーフェは無事？」

「私はなんともありません。ですが――」

サーフェが見まわす。

怪我をしたサキ。焼け出された子どもたち。火に怯《おび》えるアルルーナの娘たち。未《いま》だに残る焼けた土と木の匂い。東の家屋はただでさえ木で作られているので、火が回りやすい。火付けはヘイアンにおいて殺人を上回る重罪だ。

ソーエンが。

焼け落ちた屋敷を、じっと見つめていた。握った拳《こぶし》に、言葉にならない怒りが込められているのがわかる。

「……許せませんね」

「うん、なんとかしないと」

もはや、アラーニャの結婚の許しを得るため――という理由だけではない。

魔族が暮らしていた里を脅《おびや》かす者たちを、許すことはできない。

「兄者、戻ったで御座《ござ》る！」

里に、大きな声が響く。

ティサリア、スィウ、苦無――武闘《ぶとう》派の三人が姿を現した。三人とも全身、木の葉や枝で汚れている。山に入ったのだろう。

「スィウ、連中の足取りは！」

「無念で御座る――『黒後家党』は山中で見失いました」

「お前が――？　賊《ぞく》の追跡などお手のものだろう」

ソーエンが眉《まゆ》をひそめる。スィウは悔《くや》しそうに。

「連中は山中に逃れ、その後散り散りになったで御座る。逃走の方角は無秩序で御座った。まとまって逃げぬことで、追っ手を撒《ま》く手と思われまする」

「わたくしの自慢の足も、山の中では……」

ティサリアが悔しそうに言う。ケンタウロスの蹄《ひづめ》は本来、平地を駆けるものだ。

「だが、バラバラに逃げて、どうやって島から抜け出す？」

ソーエンの言葉に答えたのは、苦無だった。

「逃げる小舟を見た。連中、一人か二人しか乗れない小さな船に分かれて、島にやってきたのだろう。この里で集合したとしか思えん。そこらの岸に適当に船を着けられたら、我々の監視も届かない」

「くそっ。またこの手か！　どうして襲撃場所に直接集まって、ここまでの連携《れんけい》が取れるのだ！　『黒後家党』は忍びかなにかか！」

ソーエンが怒りのままに叫ぶ。

「ソーエン様、落ち着かれませ」

「これが落ち着いていられるか――長年をかけて拓《ひら》いた里に火をつけられ、お前まで怪我をしたのだぞ。こうまでして連中の足取りが追えぬとは」

『黒後家党』をおびき寄せるのは、ソーエンの発案だった。

それがソーエンの後悔に繋《つな》がっているのだろう。自分の立てた作戦で婚約者が怪我をしたのだからなおのこと平静ではいられない。

「おまけにこの書き置きだ――ふざけている。この俺を舐《な》めて、タダではすまさん」

「書き置き？」

「これだ、見るか」

ソーエンが渡してきたのは、一枚の紙であった。

くしゃくしゃになったそれを広げる――東の文字で書き綴《つづ》られたそれには、荒々しい書体でこう書いてあった。

『奇異《きい》なる魔族の里の特産品　阿絡尼陀《アラクニダ》様への捧《ささ》げものとしてもらい受ける　黒後家党』

勝手な文面であった。

墨《すみ》で記された、一方的な通告。そこには自分たちの正当性を疑わない狂信性が感じられた。

「くそ……」

火を放っておいて、この勝手な言い草に。

グレンにしては珍《めずら》しく悪態《あくたい》をついた。そして、紙を握る手に力を込め——思わず破ってしまいそうになったが。

「センセ、ちょっと——」

アラーニャが横から、その紙を奪った。

「アラーニャさん？　なにか——」

「ずっと気になってたんや。里の周りには糸の罠《わな》を張っていたのに、『黒後家党』はすり抜けた。ティサリアやスィウはんの見回りはすり抜けられても、アラクネの罠だけは抜けられるはずがない——そこにきっとカラクリがあるはず」

黒後家党の残した紙を、アラーニャは鋭い目線で読む。

ただ、目を向けているのは、文字が書いてない側——紙の裏面だ。

「……読めますえ」

「読めるって……なにも書いてありませんよ？」

サーフェが覗《のぞ》き込むが、紙の裏面は白紙である。

「いいえ、匂いで描《か》いてある——とでも言えばええのやろか。アラクネにしかわからない匂いというか……上手《うま》く言えないいんやけど」

アラーニャは、グレンを見た。

「良かったわぁ」

「──？　アラーニャさん」

「『黒後家党』に、これだけのことされて、センセにも申し訳なかったけど……ようやく、センセのお役に立てるかもしれへん。それならきっと、妾《わらわ》がここまで来た意味もあったんやろうな」

グレンは首を傾《かし》げるが。

アラーニャはなにかを決心したような表情でグレンを見つめる。

「サキさん」

「はい？」

アラーニャはにこやかに、サキに声をかけて。

「墨、貸していただけますやろか」


火を逃れたソーエンの屋敷にて──。

リトバイト三兄妹。サキ。グレンの婚約者たちが集まっていた。無論、火までつけた『黒後家党』への対策を話し合うためだ。

「なにをしておるんじゃ、アラーニャは？」

アルルーナまで、顔を見せていた。

植物系魔族なので、火事をことさら恐れているアルルーナだ。娘たちに被害はなかったが、それでも彼女の顔は険《けわ》しい。

「アラーニャさんが……『黒後家党』に繋がる手がかりがあると」

「ほう？」

『黒後家党』の残した紙。

その裏側に、アラーニャは筆を走らせていた。デザイナーだけあって、筆を使う手つきは様《さま》になっている。

一同はただ、彼女の所作《しょさ》を見守っているだけであった。

「……書けましたえ」

アラーニャが筆を離す。

『黒後家党』が残した紙の裏面には、びっしりと文字が記されていた。アラーニャが今しがた、書き込んだものである。

グレンは目を凝《こ》らす。

東の文字が多用されており、字体も崩《くず》してあるが——最初に目に入ったのは日時だった。丁度《ちょうど》昨日、里が襲《おそ》われた時間。

「これは——」

「……ええ、里を襲撃する手順が、事細《ことこま》かに記されとります」

日時。里の場所。里にある屋敷や、酒が貯蔵されている倉庫の位置。そして山から侵入し、逃げる手順などなど。襲撃するための情報が、小さな紙にびっしりと書かれていた。

「なんだこれは。透《す》かしか？　それともあぶり出しか？」

なにも書いてなかったはずの裏面に、これだけの情報が隠されていた。

ソーエンの疑問に、アラーニャは首を振る。

「いいえ、アラクネのフェロモンどす」

「ふぇろもん？」

「匂い……言うたらええかな。匂いで文字を書いているんどす」

「――すまん。グレン。解説を頼む」

匂いで文字を書く、という意味が解らなかったようで、ソーエンはグレンに助けを求めた。

グレンはアラーニャが記してくれた、襲撃の手順書を見ながら――。

「フェロモンは昆虫系魔族、植物系魔族などが主に用いる物質です。生物が発する誘引物質――特定の行動を引き起こすための物質ですね」

「……つまり？」

「ええと、例《たと》えば……アルルーナさんの花粉にもフェロモンが含まれています。それには積極的に生殖するために、媚薬《びやく》効果があります。この場合は『生殖を誘引するための物質』ということです」

アルルーナがほほほ、と笑った。

その被害に遭《あ》いかけたグレンにとっては他人事《ひとごと》ではないが、それはともかく――。

「おそらく、無色無臭の塗料で文字が書かれた、この紙を介《かい》して、『黒後家党』は襲撃計画のやり取りをしていた。普通に見ればただの紙で、人間には書いてある文字が読めない。『黒後家党』はこうして自分たちの拠点《きよてん》を持たなくても、連携した襲撃を可能にしていました」

「そういうことか──決して読めぬ暗号ならば、どこに潜伏《せんぷく》していても気づかんはずだ」

ソーエンが歯噛《はが》みする。

「アラーニャさんが気づいたのは、この字に使われている塗料が、アラクネ由来《ゆらい》の成分から抽出《ちゆうしゆつ》されているからです。塗料に含まれる微量のフェロモンに、アラーニャさんが気づいたんです」

「匂いで記されているなら、嗅覚《きゆうかく》に優《すぐ》れたものがいれば気づいたのでは?」

サキが聞くが、グレンは首を振った。

「アラーニャさんは『匂い』と表現しましたが、本来フェロモンに匂いはありません。本能に直接作用する物質です。アラクネには匂いのように知覚できるということですね」

「──『黒後家党』は人間ばかりのようでした。どうやって読み取ったのでしょう」

「それは……わかりません」

グレンはまた首を振るが。

ともかく足取りを摑《つか》ませない『黒後家党』のやり口はよくわかった。

「──これは、母のよく使うやり口どす」

「アラーニャさん……」

「妾が子どもの時も、これで自分の作った盗賊団に指示を出していましたえ。糸に染《し》みこんだフェロモンを抽出して、文字を描く。特殊な色眼鏡《めがね》を使うと、人間でも読み取れるんや。『黒後家党』も同じやろな」

アラーニャは悔《くや》しそうに呟《つぶや》く。

「妾の母のせいで……皆様、えろうすみまへんな」

「――やはりデザイナー殿は、『黒後家党』の縁者《えんじゃ》だったか」

ソーエンが言う。グレンもずっと隠していたことだったが、ソーエンはうすうす感づいていたらしい。

「では、彼女の母親が首魁《しゅかい》か？」

「いや、それはあり得へんやろな」

ソーエンの怒りを、アラーニャは流して。

「これは古い暗号や。いつまでも母が使うわけあらへん。母が絡《から》んどるなら、別の暗号を使っとるはずや。まして証拠の品をみすみす犯行声明の書面に再利用するわけないんや。だからこれは、残党のやったずさんな手口……つまり――『黒後家党』が、母の作った盗賊団の残党であることが確かになりましたえ」

一同は黙り込む。

アラーニャが、母に、『黒後家党』にどういう想いを抱いているのか、グレンは測《はか》りかねていた。だがアラーニャは続けて。

「けれど、これは好機や」

「……どういう意味だ？」

ソーエンが聞くと、アラーニャは笑って。

「妾はこの暗号を読み取れる。いいえ、書くこともできますえ」

「……まさか」

「左様《さよう》。妾のフェロモンを抽出すれば、同じ暗号を書ける。『黒後家党』が珍しいものを集めとるのは、妾の母に差し出すためやろ？　妾が母のフリをして、連中をおびき出す暗号を書けばよろしおす」

グレンは、はっとする。

アラーニャは『黒後家党』の手口を見抜くことができた。また『黒後家党』をおびき出すのか。不可能ではないだろうが──。

「危険です」

グレンは声を荒らげ。

「一度目は火をつけられました。『黒後家党』の使う暗号を書けるなら、確かに誘い出すことはできるかもしれませんが──二度目はどうなるか。いよいよ手段を選ばないかもしれません。

そもそも同じ場所に二度も呼べるかも……」

「こ、今度こそ連中を捕らえてみせるで御座る！」

スィウが息巻くが、グレンは反対した。

「医者として、危険な行為は見過ごせない。暗号がわかるなら、それと同じ紙や、暗号を読み取る眼鏡を持っている人を捜せば済む話ですよ」

「どちらも簡単に捨てられるものや。極東の家々を調べ回っとるうちに、処分されたら、証拠があらへん。それでは『黒後家党』を全て捕らえられまへんやろ？　妾がヘィアンを歩いて、フェロモンの匂いを追うのもありやけど……」

「――――」

ソーエンが黙って首を振った。

今、ヘィアンは、人間と魔族の真実を知ったばかりで大騒ぎである。それは街の人たちに拒否されるだろうし、危険すぎる。

だが、だからといって里に二度も呼ぶのは――。

「暗号を使えば、連中は何度でもやってきますえ。そういうふうに動くよう、きっと母に叩《たた》き込まれたはず……今も母の名前を使って活動しているのがその証《あかし》や」

「俺の領地で好き勝手は許さん。今度こそ一人残らず捕らえるためにも、連中を島に呼んで逃がさない」

ソーエンも意気軒高《いきけんこう》に告げる。

だが、やはりグレンは不安だった。里を傷つけられてソーエンが怒るのもわかるが――彼らしからぬように思う。

サキが怪我をしたせいで、頭に血が上っているようだ。

「のう」

黙っていたアルルーナが、申し出た。

「ならば『黒後家党』を捕らえるの、わしらに任せてもらえぬかの」

「……アルルーナ様。それはどういう」

「連中は男ばかりなのじゃろう？　わしの花粉は男の自由を奪える。わしと娘たちが借りた屋敷におびき出してくれればそれでよい。ぼちぼち、新しい花も咲いたしな」

アルルーナは微笑《ほほえ》む。

確かに、グレンの施《ほどこ》した処置は一時的なものだ。アルラウネの一斉《いっせい》開花の時期が去るまでは、新たに花が咲き、花粉も蜜《みつ》も止まらない。

「――アルルーナ様。お客人にそんなことをさせるわけには」

「ほほほ、わしを誰と思うておる。これでも、スカディの次に偉い女じゃぞ……魔族において、
偉いとはどういう意味かわかるか？　……竜の次に強いということよ」

扇《おうぎ》をひらひらとさせながら、アルルーナがうそぶいた。

確かにアルルーナの花粉は、男性相手には強力だが——戦う力があると聞いたことはない。

だが、リンド・ヴルムのナンバーツーの言葉に、ソーエンも頷《うなず》くしかなかった。政治に携《たずさ》わっているだけに、権力には弱い。

「アルルーナさん、危険です」

警鐘《けいしょう》を鳴らすのはグレンばかりである。

「いいから見ておれ、若医者。どうもわしはただの色狂いと思われてる気がしてならぬ……ここらでしっかり、良いところを見せぬとな」

「……っ」

そうまで言われては、グレンも黙るしかない。

「それよりアラーニャよ、そのフェロモンとやらは取り出せるんじゃろな。暗号の手紙を広められなかったら、意味がないぞ」

「ええ、はい……まあ、それは……」

アラーニャはなぜか目を逸《そ》らした。

顔が赤い。

「アラーニャ？　なに、その反応」

サーフェが眉《まゆ》を上げる。

「普段の糸だと、量が少なすぎるから……ええと、ちょっと手順があって、その糸からならフエロモンはそれなりに……」

「貴女《あなた》らしくないわね。はっきり言いなさい」

「つまりやな……その、アラクネのフェロモンも、異性や他の生き物を惹《ひ》きつけるもんやから……」

アラーニャはぼそぼそと、しかし確かにグレンのほうを見て。

「発情した時に出る糸から――抽出できますのや」

「なっ――――」

サーフェが顔色を変える。

「なんですって――――ッ！」

「ま、まあ……センセがおるから、大丈夫やろ……」

アラーニャは赤く染まった頬《ほお》に手を当てる。

サーフェの尻尾が、警戒のためにガラガラと鳴り続けていた――随分《ずいぶん》と話の流れが変わったのを感じて、グレンは思わずため息をつく。

ソーエンから『好きに使え』と、屋敷の一室を借りた。

「母は……その、盗賊団の男たちを惚《ほ》れさせて利用してましたえ……それで、男たちに接吻《せっぷん》をして……発情した糸からとれるフェロモンを、暗号に使っていて……」

「なるほど――それで、アラーニャさんも同じことを、と」

「多分、大丈夫……。試したことはないいんやけど」

部屋には布団《ふとん》が敷かれている。

サキが気を遣《つか》ったのだろうが――これではまるで結婚初夜である。アラーニャがもじもじとしているので、なおさらだ。

「では、接吻をして、その糸からフェロモンを採《と》りましょう。サーフェ、よろしくね」

「私もまだなのに私もまだなのに私もまだなのにぃ…………！」

「サーフェ……」

ショウジがわずかに開かれ。

そこからは、よく知るラミアの目が覗いていた。ずっとなにかぶつぶつと呟いている。ちなみに覗いているのはサーフェだけではない。

アルルーナが『男女の交《まぐ》わいか。わしも見たい』と、私欲を全開にして覗いている。そしてもう一人――大きな影がショウジ越しに見える。

「サーフェ、ちょっと落ち着きなさいな」

「これが落ち着いていられますか！　グレン先生とのファーストキスがなんでアラーニャなのよ！　正妻は私なんですよ!?」

「そもそも、なんで今日までに済ませておかなかったんですの――」

「リンド・ヴルムでは禁止されてたから、今更《いまさら》イチャつけないの！　東に来たから、アルルーナ様の酒でムードを出そうとか、色々考えてたのよ！　──はっ、その言い方、ティサリア、あなたまさか……!?　いつの間に……！」

「いえ、わたくしもまだですわ。でもどうせいつかはするのだから、順番なんて些細《ささい》な問題でしょう？」

「ああああティサリアまで余裕になってるぅ！　私が正妻なのにぃ！」

「あのー、必要なことだからね？　サーフェ……」

ショウジ越しに騒ぐ二人に、グレンは声をかけた。

あくまでも、フェロモンの採取が目的だ。異性との接触でフェロモンが多く発せられるのはアラクネの生態に照らしても至極《しごく》当然である。

それに──アラーニャが触れ合うなら、婚約者であるグレンが適任だろう。

「わ、わかってます！　フェロモンの抽出ですよね！　任せてください、薬師《くすし》で正妻の、このサーフェに任せてください！　先生が一番頼りにするのは、いつだってこの私ですから！」

正妻アピールが過剰《かじょう》になってきた。

グレンとしてはあまり序列をつけたくないのだが──サーフェを不安にさせてしまっているのは自分の落ち度である。

愛情を区別するわけではないが、サーフェには後々、なにかしてあげなければ、と思うグレンであった。

「ギャラリーが多いなぁ」

「すみません。でも出てきた糸を回収してもらわないとならないので」

「ふふ、ええのよ♪　サーフェから大事なものを奪ってるみたいで、むしろ楽しいどす♪」

アラーニャは悪女ぶってそんなことを言う。

がらがらがら、と蛇《へび》の尻尾が鳴る。何故わざわざサーフェを挑発《ちょうはつ》するのだろう。

「それじゃ、早速《さっそく》始めよか。センセ？」

「は、はい……」

アラーニャの顔が近づいてくる。

サーフェに内心で詫《わ》びながら、グレンはアラーニャの唇に触れた。

「んっ……」

アラーニャが二本の腕をグレンの背に回し、もう二本でグレンの顔を固定する。まったく身動きが取れず、されるがままだった。

「ふふ、初物《はつもの》、いただきましたえ……」

「ど、どうも……」

どんな顔をすればいいのかわからないグレン。

「サーフェともまだなんやろ……？」

「ええ、まあ……その、そのうちしようと思います」

「ふふ♪　じゃあたっぷり見せつけてあげへんとな？」

ちらり、とアラーニャが見るのは、ショウジから覗くサーフェの瞳《ひとみ》だ。

そのまま二人は、キスを続けていく。唇と唇が触れるたびに、アラーニャの腹部――クモに似た下半身から、糸が放出される。

妖精がその先端を引っ張り、サーフェに届ける。サーフェは手動の糸巻き機のハンドルをぐるぐると回転させて、その糸を回収していった。

「あぁん……♪　やっぱりこうしてると……フェロモンの糸、よう出ますな」

「そ、そうですか」

グレンにはわからないのだが、やはりキスの効果はあるらしい。

「んんっ……ちゅ♪　ふふっ……ん、んんっ♪」

アラーニャは楽しそうだ。ちらちらとサーフェのほうを見ている。サーフェは糸を巻きながらも、目線は一切グレンから離していなかった。

「ぐ、ぐぬぬ……」

「うむ。よいぞよいぞ。もっとやれぃ。なんだったら同衾《どうきん》までしてもよいぞ」

「煽《あお》らないでくださいアルルーナ様！　そこまで許してませんから！」

サーフェが叫ぶ。

アラーニャもまた婚約者なのだからサーフェが許すも許さないもないと思うのだが——正妻を自認する彼女には、思うところがあるのだろう。

（なんだか——）

グレンは、アラーニャと唇を重ねながら。

自分の頭がぼうっとしてくるのを感じていた。何故だろう——これはまるでアルルーナの花粉や、プラムの吸血の時のような——。

「ん、んぐっ、んく……」

「あ、アラーニャさん!?」

などと思っていたら。

アラーニャは着物の内側に隠していた徳利《とっくり》を取り出した。その中身をごきゅごきゅと、水でも飲むかのように喉《のど》に流しこむ。

「えへへぇ……♪　あー、美味《おい》し♪」

「いや、それ、アルルーナさんのお酒じゃ……」

「せやで。さっきから飲んでましたのや」

「い、いつの間に……！」

まだ残っていたらしい。

道理でさっきから頭がくらくらするはずである。既《すで》にアラーニャは酒を飲み、その酒精を口移しでグレンも摂取《せっしゅ》してしまった。グレンの抗議など意に介《かい》さず、アラーニャはその赤い顔をグレンに近づける。

口からこぼれた酒が、はだけたアラーニャの胸元に垂《た》れ落ちている。

「ふふ、別にええやろ？　気分が盛り上がるし……それにこんな恥《は》ずかしいこと、素面《しらふ》じゃやってられまへんえ」

「いや、ですが」

「んーむっ♪」

グレンの言葉は聞きたくないとばかりに。

アラーニャがグレンに口を寄せた。彼女の口の中に残った酒が、グレンに流し込まれていく。

「んっ、んくっ……！」

「ふふ、ええお味やろ？　どう、婚約者から口移しでもらう酒は……」

「僕には……ちょっと、強いですね……」

グレンが呻《うめ》く。普段あまり飲まないグレンには強烈だ。わずかに口から酒がこぼれてしまう。

「んんあもう、ああすれば良かったのね――っ。どうして思いつかなかったの私ぃ……！」

サーフェがなにか言っている。

彼女の場合、限界を考えず飲ませてきそうで、少し怖い。

だが、グレンは一つ気になる。

「あの、アラーニャさん」

「ん？　なあに？」

「もしかして……アラーニャさんもキスは初めてでしたか？」

「んんんっ!?　んなっ、げほ、えほっ!?」

グレンの問いかけに、アラーニャは動揺する。

口に残っていたらしい酒を吐き出してしまっていた。

「まあ、それは──初めてよね」

「ですわですわ。恋人を奪っていた時期はあったけど──」

「ありゃ略奪癖《ぐせ》こじらせただけじゃ。アラーニャは正真正銘《しょうしんしょうめい》の生娘《きむすめ》よ。接吻の経験もあるまい
──よくもこれまで、経験豊富といった顔ができたものよ」

「外野！　さっきからやかましいで！」

ショウジの向こうのひそひそ声に、アラーニャが怒鳴る。

その顔は真っ赤であった──それは酒のせいか、それとも経験がないのを見抜かれたためか。

だがアラーニャの感情の動きに呼応《こおう》するように、糸はどんどん増えていく。妖精たちが忙しく働いて、糸を回収──それをショウジの隙間《すきま》から、サーフェが巻き取っていく。

「なんやの……センセ、きっと初めてやから、妾がリードしたほうがええと思って……」

「以前、ハーピーの里で僕を誘惑したような……」

「そ、それは忘れてや！　ああもう、恥ずかしい……！」

略奪癖があったころのアラーニャの所業《しょぎょう》である。

本人にとっても恥ずかしい過去だったらしく、顔を覆《おお》って悶《もだ》えてしまうアラーニャだった。

ハーピーの里で初めて出会った頃と、随分印象が違う。

それはきっと──良いことなのだろう。

「あの、アラーニャさん。別にどっちがリードするとか、そういうのは」

「あるの！　こういうのは、気持ちの問題があるんどす！」

アラーニャは涙目になりながら、四本の腕をぶんぶんと振る。

その様子は、拗《す》ねるサーフェとまるっきり同じだった。やっぱり親友だけあって妙なところが似ている。

「なるほど──ムードですか」

グレンは思う。

そもそもこれは、アラクネのフェロモンを抽出するための作業だ。不調を治療するわけではないが、生物的なアプローチを通して問題を解決するのは、医療処置と通じる部分も多い。

ならば。

むしろグレンのほうが積極的に取り組むべきではないだろうか？

「ちょっとよろしいですか、アラーニャさん」

　グレンは手を伸ばして、アラーニャの持つ徳利を受け取った。そのまま中身を口に含む。

「あら、センセも飲みたくなったたん？　それならそうと言ってくれれば――んんむっ!?」

「んんなぁあああぁ――――ッ!?」

　アラーニャが目を見開く。

　グレンは酒を口に含んだまま、アラーニャの唇を奪った。サーフェが聞いたこともないような悲鳴をあげる。

「んんーッ!?　んむっ!?　んぅ……んんぁ……！」

　アラーニャは唇を奪われたまま、なにか抗議する。

　何故抗議しているのかわからないが――グレンはあくまで冷静に、アラーニャと舌《した》を絡めていく。

　口腔《こうこう》への侵入を阻《はば》もうとする舌に、自分の舌を絡めて受け流し、口に含んだ酒を流し込んでいく。要領は基本的に、水中でルララへの人工呼吸を行った時と同じだ。

　口の中の液体を、相手に受け渡す。

「んっ！　んむぅ……んんん、ごくっ……はぅ……！」

　さらに言えばグレンは水中のように呼吸を止めているわけではないので、よりスムーズな舌使いが可能であった。

　舌を絡め、アラーニャの呼吸を邪魔しないようにしながら、彼女の唇を奪う――いや、グレ

ンにしてみればフェロモン採取のために、アラーニャとキスを交わしているだけだ。

だがはたから見れば、どう見ても婚約者との睦事《むつごと》である。

「んぷばぁ……せ、センセ！」

口を離して、アラーニャが抗議する。

激しい接吻であったにも拘《かか》わらず、アラーニャの口から酒は一滴もこぼれていなかった。

「なんやの、もう！　センセもキスは初めてやなかったん？　こんな……こんな舌使いできるなんて聞いてまへんえ！　一体どこの誰としはったの！」

何故か詰め寄られる。

アラーニャが嫉妬《しっと》心を前面に出してくるのは珍しいと思えた。それだけ惚れられているということで、グレンはなんだか嬉《うれ》しくなってしまう。

「初めてじゃない!?　私聞いてませんよ！」

「あなたちょっと落ち着きなさいな」

ショウジの向こうが騒がしい。

「いえ、あの……キスは、初めてです」

「そうなん？　でも、それにしては」

「ただ、人工呼吸に関しては、アカデミーで叩き込まれたので……実地で」

グレンは思い出す。

今でこそサイクロプスの技術による、人工呼吸練習のための人形などが存在するが——アカデミー時代にはそんなものはなかった。グレンは実地で練習させられた。

つまりはクトゥリフによる人工呼吸の授業である。

「へ……つまりセンセの初めては……クトゥリフ様？」

「いや、あれは本当に、あくまで授業でした。やましいことはなにも……そもそもサーフェも同じ授業を受けています」

「ああ、ありましたねそんなのが……！」

サーフェが忌々《いまいま》しそうに呟いた。

クトゥリフ教室の生徒は、一人の例外もなくクトゥリフの人工呼吸訓練を受けている。教材の少ない時代、それしか方法がなかったのだ。

「おかげで人工呼吸では、何人もの方を助けることができました」

「いやでもそれは治療やし、キスとは違——んむぅ」

グレンは構わずに、アラーニャの唇を塞《ふさ》ぐ。

糸に含まれるフェロモンはおそらく微量だと、グレンは考えていた。それを材料に暗号を描くには、それなりの量がいる。サーフェは糸を巻いて採取しているが、まだまだ足りないだろうと思った。

「んんんん～～～～！　せ、センセ、ちょっと苦し……んんんむぁ！」

「すみません、もうちょっと糸を採りたいので」

「相変わらずこういう時は強引……んんんん――――ッ！」

んぐー、んぐーとアラーニャが抗議する。

　なるべく発情してもらえるように、グレンは舌を奥まで差し込んだ。グレンが舌を絡ませるたびに、糸が多く出てくる。

「んんんっ……んむっ……あふぉあぁ……」

口を塞がれているアラーニャの目が、とろんとしてくるのが判《わか》った。

それはグレンとの接吻のせいだろうか、それとも酒が回ってきたのか。既にかなりの量を互いに飲ませ合ったのだから、前後不覚になるのも当然だった。

（僕も……飲みすぎたかな）

正直に言えば。

グレンだって素面では、こんなことはやってられない。酒が入っているからこその大胆な行動だ。

「んんっ……あっ……んんぷぁ……！」

糸がどんどん出てくる。

グレンはアラーニャの口腔を舌で探りながらも、舌をどう動かせば、糸が出てくるのか、アラーニャが喜ぶのか、的確に判断していた。

「んんっ、んむむ、ぷはっ……！」

口を離す。

唾液《だえき》が糸を引いて、二人の口を繋げる。

「センセ……妾、もう……恥ずかしくて」

「アラーニャさん」

グレンは、アラーニャの耳元で囁《ささや》いた。

「ひゃ、ひゃう……？　く、くすぐったぃ……」

「アラーニャさん。大丈夫ですよ」

グレンの頭は酒が回ってぼうっとしている。だからだろうか、普段は面と向かっては言えないような言葉が、グレンの口からすらすらと飛び出す。

「大丈夫です――僕もサーフェも、アラーニャさんのことが大好きですから」

「せ、センセ……？」

「だから、愛人でいいだなんて、言わないでください……なにかあったときの保険で、距離をとっておこう――嫌われてもいいようにしておこうだなんて、思わないでください……なにがあっても、僕は、一緒ですから」

グレンが告げる。

酒と羞恥《しゅうち》で呆然《ぼうぜん》とした顔で、アラーニャはその言葉を聞いているのだった。

「――――」

グレンの言葉を聞いて。

アラーニャは言葉を失う。

グレンには全て見抜かれていた。アラーニャが、グレンと関係を深めないよう立ち回っていたこと。常《つね》にサーフェやティサリアを優先して、必要以上に好かれないようにしようとしていたのを。

いつか、こういう時が来ると思っていた。

盗人《ぬすびと》である母のせいで、親しい者に迷惑をかけてしまう。

そうなった時、グレンやサーフェと、後腐《あとくさ》れなく離れられるよう――愛人という位置に身を置いておけばいいのだと。

けれど。

あっさりその想いを見抜かれ――それでもグレンは一緒にいると断言した。もう二度と、サーフェの時のような別離は起こさないと。

「……もう」

アラーニャはグレンを抱きしめる。

きっとグレンは気づいていない。

彼の行動原理には、どこまでも最初にサーフェがいるのだと——でも、アラーニャはそれでもいいと思った。百も承知《しょうち》のことだったし、そもそもアラーニャはサーフェのことだって大好きなのだから。

ただ。

ほんの少しだけ妬《や》けてしまうのは、好いているのだから仕方ない——と思って。

「仕方のないお人やわ」

こうまで言ったからには、絶対に離れない——なにがあってもクモの糸で絡めるように一緒だと、アラーニャは心に決める。

「はいはいはいはい！」

サーフェがショウジを開けた。

これ以上、一秒も許さないとばかりに、サーフェはグレンとアラーニャの間に割って入る。

「糸は十分とれたわよ！　もういいでしょう！　おしまいおしまい！」

サーフェは嫉妬心を露《あらわ》に、グレンを抱きしめた。

アラーニャは内心で笑う——そんなことをしなくても、グレンの一番はもう決まっているというのに。それでも嫉妬心を隠せないサーフェは可愛《かわい》らしい。

私たちはきっとこれでいい。

こんな関係のまま、ずっと一緒なら——それでいいとアラーニャは笑う。

「……あら？」

「センセ、寝てしもうた」

酒が強すぎたのだろう。

サーフェの腕の中で、グレンは寝息を立てている。普段は飲まないのに、あれだけの酒を口に含めば当然だ。

「妾もちょっと……疲れたかも」

頭がくらくらする。

「ちょっとアラーニャ――大丈夫？」

「へーきへーき」

ふらふらとしながら笑うアラーニャであったが、サーフェは目を細めて。

「……先生になにか言われた？」

「うっ」

「図星ね……はぁ、もう、まったく。私に大事なことは全然言ってくれないのに、先生ってば」

サーフェが、尻尾をグレンに巻きつけて運ぶ。そのまま布団に寝かせる。

「いや、それは、その……」

「あらあら、アラーニャってば照《て》れてますのね」

ショウジから顔を出したティサリアが、その様子を見てにやにや笑っていた。

ダメだ。

もうこの二人──同じ人を好いた女たちには、隠し事はできない。自分の本心を取り繕《つくろ》うのが、今までのアラーニャだったはずなのに。

もう無理だ──。

「嫌やわぁ……もう」

全てを諦《あきら》めて、アラーニャは真っ赤になった自分の顔を隠す。

それを、サーフェとティサリアは、にやにや見つめているのだった。


アラーニャのフェロモンは、無事に抽出できた。

アラーニャが暗号を書き込んだ広告を、ソーエンが首都ヘィアンにばら撒く。表向きはアルルーナの酒を大々的に宣伝した広告であるが。

実際には『黒後家党』へのメッセージである。

曰《いわ》く、魔族の里に彼らの奉《ほう》ずる『阿絡尼陀』がいる。黒後家党は皆、用意を整えて魔族の里に来るように。

手筈《てはず》は全てソーエンが整えた。ヘィアンに潜《ひそ》んでいる者たち、拠点を持たない『黒後家党』の党員は、これでソーエンの里に集まるはずだ。

数日をかけて、ソーエンが狡猾《こうかつ》に動く。

グレンたちはただじっと、『黒後家党』の来る日を待っているのだった。
そして——。

男は、人間領のしがない馬借《ばしゃく》であった。

彼の父も、祖父も、ずっと馬借だった。自分もまた馬借としてつまらぬ一生を終えるのだろうと、漠然《ばくぜん》と思っていた。

だが。

ある日、彼は、仙女《せんにょ》と見まがう美しい女と出会った。彼女はアラクニダと名乗り、男に惜《お》しみない愛を注いだ。

女の下半身は蜘蛛《クモ》——東に伝わる絡新婦《アラクネ》であった。だが男の嫌悪感はすぐに消え去った。それほどアラクニダは魅力的だったのだ。

下半身がクモだから、魔族だからなんだというのだ。

彼女をよく知ってみれば——人間と同じくらいに、いやさ人間よりも美しいではないか、と思うようになった。

男はそれが嬉しかった。生まれた村を出て、アラクニダと過ごし、彼女の望むものをなんでも与えた——たとえ盗みを働くことになっても。

アラクニダの望むまま、盗賊団を組織し、彼女の欲しがるものを奪い取り、時には暴力も辞さなかった。全てはアラクニダの望みだ。

そうして男は、『黒後家党』の首魁となった。

「――……」

男は全てをアラクニダへと捧げた。

手を汚して珍品《ちんぴん》を集め、彼女が望むことはなんでもした。そのために故郷も家族も捨てた。今では故郷の名前すら憶《おぼ》えていない。

だが、その想いは一方的だった。アラクニダのほうは他の党員とも情を交わし、淫《みだ》らな行為にふけっていた。長年我慢《がまん》をしていたが、ある日とうとう辛抱《しんぼう》できなくなった。

男はアラクニダの淫蕩《いんとう》さを咎《とが》め、自分だけを愛してほしいと伝えたのであるが――。

アラクニダが『黒後家党』から姿を消したのは、男がそのように彼女を叱責《しっせき》した翌日であった。

(取り戻す、アラクニダを)

男は、アラクニダの虜《とりこ》だった。

今度こそ手元に置く――なんなら彼女の節足《せっそく》さえ切り落として逃げぬようにしてくれる。そうすれば今度こそ、彼女は自分のそばにいてくれるだろう。

同じようにアラクニダに惚れた『黒後家党』の党員は、首魁のそんな後ろ暗い想いを知る由《よし》もない。

彼らはただ、惚れた女が戻ってくると信じて、盗人となっているのだった。

「頭《かしら》よう」

党員の一人が、男に声をかけた。

松明《たいまつ》を手に持った副官である。

「本当にあの里にアラクニダ様がいるのか？　暗号の文《ふみ》は回ってきたが――」

「間違いない。この塗料と暗号文を作り出せるのはアラクニダ様しかいない」

男は、色眼鏡をかけていた。

特殊な偏光グラスによって、フェロモンを含んだ塗料を視覚的に見ることができる。これで魔族の里に張られていたアラクネのトラップも破った。

「ぬかった。前回の襲撃の時、罠が張ってあったが……まさかアラクニダ様ご自身のものとは思わなかった。我らが仙女に、今度こそお帰りいただくぞ」

「へい。わかりやした」

首魁の合図に、男たちは手をあげる。

アラクニダの魅力に捕らわれた男たちは、こんなにも操《あやつ》りやすい。

男たちが囲んでいるのは、魔族の里にある屋敷の一つ。ここにアラクニダがいる。アラクニダ自身が、広告にフェロモンの暗号を書き記して、『黒後家党』を呼んだ。

――今まで私のためにありがとう。

──お前たちの働き、里で見ていた。

──姿を隠した私に、未だ捧げものを用意してくれるお前たちの献身《けんしん》に涙した。魔族の里まで迎えに来てほしい。

（……ふん）

党員たちは、素直に、この暗号の言葉を信じている。

だが首魁だけはそのまま受け取ってはいなかった──狡猾なアラクニダのことだ。なにか考えがあるかもしれない。しかし、山に潜んだ仲間たちは相当な数だ。なにか企《たくら》んでいても、魔族の女ができることは限られている。

アラクニダは狡猾、冷酷ではあるが、純粋な腕力には弱い。だからこそ男を籠絡《ろうらく》して自《みずか》らの手駒《てごま》とするのである。

（今度こそ、俺のものにしてやる、アラクニダ）

『黒後家党』首魁は、手をあげて、突入の合図をした。

「っ」

男たちは屋敷を取り囲み、中に入る。

首魁もそれに続く──訓練された党員たちは、闇《やみ》に紛《まぎ》れるシノビのごとき動きであった。アラクニダの好むものを盗むために、そうした技術を身につけたのだ。

（罠はない──）

アラクネは罠が好きだ。

だが、ここに来るまで糸の一本もない――迎えに来てほしいというのは本心だったのだろうか。

屋敷の中に入った首魁が、暗闇《くらやみ》の中に見たのは――。

「よう来たのう」

花――であった。

「血気盛んな男ばかりでなによりじゃ。よう来た、よう来た。ふふっ♡」

球根と、その上に咲く赤い花。

花の真ん中には、緑の肌《はだ》の女がたたずんでいる。

「な、なんだコイツ……花の妖精……？」

「馬鹿《ばか》、西の魔族だ。曼殊沙華《アルラウネ》だ」

仲間に告げる首魁だった。

東の人間の多くは、魔族を見たことがない。『黒後家党』の者たちも、見たことがあるのはアラクネだけなのがほとんど。アルラウネは蔓《つる》をひらひらさせて笑っている。

「我々を騙《だま》したのか」

「残念じゃったの。まあ、邪教相手に騙《かた》って申し訳なく思う神経はないが――大人しく縛《ばく》に就《つ》くがよいぞ」

「チッ」

首魁は舌打ちする。

だが——恐れることはない。この場《ば》にいるのはアルラウネの女ただ一人。そして『黒後家党』の男たちは、みなアラクニダに魅《み》せられた男ばかり——どれほど麗《うるわ》しい肢体《したい》を持っていようが、問答無用で切り捨てることができる。

「構うな、殺せ！　たかが花の化け物だ」

「やれやれ」

蔓が飛んでくる。

男たちはそれを切り伏せる。しかしアルラウネに怯《ひる》んだ様子はない。

「まったく——荒々しいのも嫌いではないがな」

「殺せ！　切り捨てて鉢《はち》に飾ればアラクニダ様もお喜びになる！」

「そう上手くはいかぬよ」

蔓がムチのように伸ばされて、首魁を捕らえようとする。

首魁は何食わぬ顔でその蔓を切り捨てた、その瞬間だった。

「ひいいいいっ！」

悲鳴があがる。

屋敷のショウジが、次々と破壊され、部屋になだれ込んでくるのは、無数の蔓であった。部屋の四方から、蔓が伸ばされ、『黒後家党』を捕らえていく。

「何事だ！」

「頭、大変です……曼殊沙華《アルラウネ》の大群が！」

「なんだと……」

唖然《あぜん》とする。

四方八方からは、全て同じ種族——目の前の女と瓜二《うりふた》つの魔族たちが、蔓を伸ばして男たちを捕まえていた。たかが蔓と言えど、巻きつかれて自由を奪われてしまえば、為す術はない。

これだけの数、どこにいたというのか。

「お母様、疲れたわ」「ただ土に埋まって、この人たちを待っているのは疲れたわ」「埋まるならば男の胸がいいわ」「でもまあ、これだけの数がいるなら」「埋まれるかしら？」「男の方が埋まっちゃうんじゃない？　私たちに」「それはそれで、いいわね」

アルラウネの大群が、口々に笑う。

顔立ちがよく似ていて、首魁には区別がつかない。

ただ、頭の花の色が違うことしかわからなかった。

「怯むな！　火をつければいい！　屋敷ごと焼き尽くせ！」

首魁が副官に命じる。

だが、次の瞬間、蔓が飛んできて、副官の松明に巻きついた。炎は一瞬焦《こ》げるような匂いを発したが——すぐに火が消えてしまう。じゅっ、という虚《むな》しい音が暗闇に響いた。

「くだらぬ。生木《なまき》が燃えにくいことを知らぬのか？　生きた植物には水分が含まれている。この程度の松明で我らを害そうなどと」

アルラウネが無慈悲《むじひ》に告げた。

暗闇の中から、こちらを品定めするような視線が届く。

「くふふふ、男、男、男ね」「顔はどう？」「ダメね」「ぜーんぜんダメ」「グレン先生のほうがイケメンよ」「ソーエン様より情けないお顔」「でも顔はどうでもいいわ」「身体《からだ》が動けば」「下半身が元気ならば」「私たちは満足だもの」

声が響く。

暗闇の中で、曼殊沙華《アルラウネ》たちがこちらを見ている——おそらくは食虫植物が、虫を捕らえるのと同じような感覚で。

「き、聞いたことがある……」

震える声で、首魁の隣の男が言った。

「曼殊沙華は……生きた花は、罪人の生き血を吸うんだ！　体液を吸い尽くして、真っ赤な花を咲かせるんだ……俺たち、俺たちみんな死ぬんだ……！」

「狼狽《うろた》えるな！　所詮《しょせん》、植物の魔物だ！　刃物で刺せば死ぬ！」

「そうじゃな。まあ、刃物など使わせせぬが」

首魁が叫んだ瞬間。

蔓が飛んできた。切り落とそうとする前に、四方からの蔓に刃物を奪われてしまう。

（ダメだ、物量が、違う……）

丸腰の男たちは、アルラウネに囲まれてしまった。

「お母様」「お母様ってば」「もういい？　もういい？」「この人たち食べてしまっていいんでしょ？」「里の人たちを怖がらせた外道《げどう》だもの――搾《しぼ》りつくしていいんでしょ？」

「まあまあ、待て待て。こういうのは順番がある」

首魁は悟る。

初めから勝ち目がなかったと。

このアルラウネは、自分たちのことを、ただの養分くらいにしか考えていないのだということを。

「我らは一斉開花のアルラウネ――治療をしてもらったが、まだまだ足りぬ。我らの性欲はとどまることがない。まったく迷惑な体質じゃ」

「う、あ……――」

「だが、男がいれば我らの欲は満たされる。降伏《こうふく》すれば見逃そうと思ったが――抵抗した以上は仕方あるまい。今日は一切の手加減なしじゃ……悪いが搾り尽くされておくれ。あっさり果ててくれるなよ」

声があがる。

首魁の背後の『黒後家党』たちが、アルラウネに覆いかぶされた。男の悲鳴と、女の歓喜《かんき》の声。そしてずぶずぶ、じゅるじゅるという、性交の音が聞こえる。

魔族とはいえ、女と交わっているはずなのに。

男たちから聞こえる声はわずかも嬉しそうではない。それはそうだ。上に乗られ、ただ一方的に快楽の道具とされているのだから。

「ああ、甘い交《まぐ》わいなど期待するなよ？　手加減はなしと言ったじゃろ——全員、体中の液体を吐き出すまで逃がさぬからな？」

次々と『黒後家党』が、アルラウネたちに群がられる。

首魁もやがて、花と草と女体《にょたい》の群れに、その姿を消した。アルラウネたちは、男の身体を我先《われさき》にと味わい尽くそうとする。

「あ、こ、こんな——俺の愛が、俺の『黒後家党』が——あ、あ、ああああ……——あ、アラクニダ様ぁ……」

首魁は最後に、愛《いと》しい女の名を呼んだ。

傷つけてまで自分のものにしようとしたのに、今は無様《ぶざま》に助けを求めた。

しかしそこにいるのは、犯罪に手を染めてまで恋焦がれた悪女ではない——ただ男を食い物にする、性欲の権化《ごんげ》。アルラウネの女たち。

そこには愛も情もなく、ただ一方的な欲望があるのみだ。

その欲望の奔流《ほんりゅう》に、『黒後家党』の首魁は、為す術もなく飲み込まれてしまう。

「あ、あ、あああ……」

体を襲う快楽と、好き放題に蹂躙《じゅうりん》される屈辱《くつじょく》に。

首魁の意識が靄《もや》に覆われていく。

花蜜《かみつ》の濃厚な匂いに思考を奪われて、やがて――首魁は、考えるのをやめた。

「やれやれ、これ娘たち、お前たちにやった男《しょくじ》ではあるが、わしの分も残しておけよ。あと殺すな。ソーエンとの約束じゃからな」

一応は生かして引き渡す約束である――生きてさえいれば、どれほどしなびた抜け殻《がら》でもいいらしいが。

娘たちの乱交を、アルルーナはニコニコとしながら見守る。

娘たちが楽しそうでなによりだ、という表情である。

「偶然とはいえ、娘たちに豪華《ごうか》なプレゼントが用意できた――なによりじゃの」

くふふ、と。

リンド・ヴルム議会のナンバーツーは微笑んだ。

「これでまた、家族が増えるかのう、楽しみ楽しみ」

アルルーナは満足げにそう言って、自らも娘たちの乱交へと参加するのであった。

屋敷からは、女の嬌声《きょうせい》が聞こえる。

合間合間に、体液を搾り取られる男たちの苦悶《くもん》の声が聞こえるが――ソーエンにとっては知ったことではなかった。

「今頃、乱交でございましょうか」

「まあ、そうなるな――」

「混ざりたいですか、ソーエン様？」

「妙なことを聞くな。他の女にうつつを抜かしている暇《いとま》はない」

隣のサキが意地悪なことを聞いてくる。

仕方がないので正直に答えると、からかったサキはくすくすと笑った。

「助太刀《すけだち》は――必要なかったな」

『黒後家党』がおびき出された屋敷では、男たちが軒並《のきな》みアルラウネに襲われている――性的な意味で。

普通の男であれば喜ぶだろうが、アルラウネに手加減などない。精が尽きても血を絞《しぼ》る勢いで襲われ続けるのを想像して、ソーエンはうんざりした。

とはいえ罪人にはちょうどいい仕置《しお》きである。

「む」

やがて。

這《ほ》う這《ほ》うの体《てい》で、『黒後家党』の男が出てくる。服が脱ぎかけ、全身は花の蜜にまみれている。隙を衝《つ》いて逃げ出したのだろう。

「ふんっ！」

ソーエンは。

袖《そで》に仕込んだ針を投擲《とうてき》する。麻痺毒《まひどく》を仕込んだ針が突き刺さり、男は呻いて昏倒《こんとう》した。ソーエンは縄《なわ》を取り出して、『黒後家党』を捕まえる。

「やはり逃げ出すか──一人も逃さぬのは、無理か、この状況では」

アルラウネの娘たちは、自分たちの快楽のことしか考えていない。

取りこぼしはあるだろうと考えて、屋敷を見張っているソーエンとサキだ。ソーエンは男を縛《しば》り上げた。

「お見事ですソーエン様。針の扱いなどいつの間に？」

「ただの護身術だ。政治の場に刃物など持ち込めないからな」

「まあ、怖いこと」

そういうサキは、薙刀《なぎなた》の柄《え》で逃げ出してきた『黒後家党』を殴りつけている。

ばきり、という音がした。首の骨が折れていないか心配になる。

「お前には負ける」

「夫を守れる、貞淑《ていしゅく》で可愛らしい奥方が目標ですので」

ごきり、と首を鳴らすサキだった。

自分の過《あやま》ちを諌《いさ》めるために、弟の前で乱れた声をあげた女のどこが貞淑？　可愛い？　と
――脳裏《のうり》に浮かんだ疑問は飲み込むソーエンだった。下手なことを言えば彼女の剛力《ごうりき》がソーエンに向かってくる。

「まだ山にも大勢いると思われますが――」

「ああ。今、スィウと護衛《ごえい》殿に命じて山狩りをさせている。この里の鬼たちも連れているから、ほどなく捕まるだろう。連中が乗ってきた船は、人魚の歌姫殿が全て縄を外した――連中はこの島から出られない」

くく、とソーエンは笑う。

『黒後家党』をおびき出す算段をしたのはソーエンだ。不意の襲撃でもなければ、このように他者を使ってソーエンは目的を果たす。

「素晴らしい算段でございます」

「里には俺たちや、人馬《じんば》の姫君もいる――これだけの手勢が、グレンのために集まるのか。恐ろしい話だ」

「人望があるのでございましょう、誰かさんと違って」

「さて、誰のことやら」

ソーエンは笑う。

「もう、またそうやって、とぼける」

「俺は過去一度も、とぼけたことなどない」

「嘘《うそ》ばっかり――素直に言ったらいかがですか？　『黒後家党』に好き放題されて、怒っているのだと」

「当然だろう？　ここは俺の里だ。俺が守る、どれだけ金と時間をかけて、魔族が暮らせる里に変えたと思っているんだ」

「――そうではなく」

　サキは微笑んで。

「私が火傷をしたから。里のものが怯えたから怒っているのだと、どうして正直に言わないのですか」

「――――」

　ソーエンは言葉に詰まる。

　サキにはいつも敵《かな》わない。

「そんなことは――」

「はい？」

　ごきり、とサキの腕が鳴る。別に威圧《いあつ》のつもりはないのだろうが、ソーエンの顔は固まる。

「まあ、そういうことも、なくもないかもしれない」

「素直じゃないのですから、まったく」

「うるさい」

ソーエンは、捕らえたばかりの『黒後家党』を踏みつけた。

見張り続ける屋敷では、まだまだ、アルラウネたちの乱れた声が響いているのであった。

幕間　再びの挨拶

「……『黒後家党《くろごけ》』を捕らえたと聞いた」

「はい」

グレンは再び、リトバイト本家の屋敷にいた。

向かい合うのは、父ビャクエイ。ひと月以上も東に滞在していたというのに、会うのは初日以来である——。

「だから、もう一度、お許しを願い出に参りました——アラーニャさんとの結婚を認めてくださるよう、お願いします」

サーフェやティサリア、そしてアラーニャが見守るなか。

グレンは東式の礼で、深く頭を下げる。アラーニャもまた、楚々《そそ》とした仕草《しぐさ》で頭を下げていた。

父は未《いま》だに苦手だが——けれどグレンは、もう迷わなかった。父に結婚を認めてもらうまで、リンド・ヴルムに帰らない覚悟を決めていた。

「一連の話は、聞いている」

ビャクエイの表情は変わらない。

「お前たちの尽力《じんりょく》もソーエンから聞いた。よくやった。都を騒がせる賊徒《ぞくと》を、私の子どもたちが見事捕らえたとは……帝《みかど》の覚えもよいことだろう。ソーエンには近々、帝から直々《じきじき》にお言葉があるそうだ」

「私にはもったいない名誉でございます」

ソーエンがしれっと頭を下げる。

人間領の最高権力者に名前を憶《おぼ》えてもらって——さりげなく政治の場での発言力を強めようとしているようだ。

「魔族の里も、ヘィアン中の噂《うわさ》になっている。ソーエンがその……サキ、というたか。鬼の娘と結婚できる日も近いだろう」

「では——」

「だが、それはそれだ」

グレンが期待に顔を上げた瞬間。

ビャクエイは厳格に告げた。

「市井《しせい》の人々の中で、『黒後家党』の印象が変わったわけではない。『阿絡尼陀《アラクニダ》』の名を覚えているものもあろう。その中で、こうもすぐに結婚というのは——」

「こちらで結婚をするわけではありません。一時《いっとき》、口さがない者たちがいようとも、肝心《かんじん》の『黒後家党』がもういないのですから、噂はすぐに去るでしょう。ヘィアンからすれば、遠くリンド・ヴルムで暮らす医者の結婚相手など、面白《おもしろ》い話のタネにはなりません」

グレンは恐れず反論した。

理はこちらにある。ビャクエイが気にしてるのは、ヘィアンでのリトバイト家の評判であった。腕のいい商人だからこそ、風評を気にしている。

ビャクエイとて道理のわからぬ男ではない。グレンが真摯《しんし》に想いを伝えれば、きっと理解を示してくれる。

「――――」

案の定、ビャクエイは渋い顔だ。

だが、反論はない。グレンの発言も道理と考えているのだ。

「私からもお願いいたします、父上」「スィウからも！」

ソーエンとスィウからの援護もある。

「――お前たちまで」

「アラーニャ殿がいたからこそ、『黒後家党』は捕らえられました。このように賢《かしこ》い女性と縁《えん》を結ぶのは、ゆくゆくはリトバイト家のためになりましょう」

「面倒見《めんどうみ》のいい、優しい女性で御座《ござ》る、父上、どうか！」

兄と妹の援護射撃は頼もしい。

だが、ビャクエイは難しい顔で唸《うな》るばかりであった。グレンは父の言葉を待っているが、続く言葉はない。

これは。

やはり、ダメか——グレンが、そう思った時だった。

「——紅蓮《グレン》？　いるのですか？」

声がかかる。

フスマがわずかに開けられて、小柄な影が覗《のぞ》いていた——懐《なつ》かしい声だった。

「母上」

「帰ったら帰ったで、何故《なぜ》母に顔を見せないのですか」

叱責《しっせき》する声だった。

グレンは言葉に詰まる——今回は、サーフェたちとの結婚を両親に伝えるための帰郷であった。だが、ビャクエイの許しが得られないのは、それ以前の問題である。

そのため、グレンも母に挨拶《あいさつ》ができぬままだった。ソーエンが、あえて会わないように計《はか》らった節《ふし》もある。

「おい、寝ていろ黒葉《コクハ》。まだ熱があるのだろう」

「もう大分良くなりました」

「――――」

ビャクエイさえ黙らせる、ぴしゃりとした言い方であった。

「ソーエンの島にいると聞きました。どうして母に挨拶をしないのですか」

「す、すみません。今日は結婚の挨拶で――ですが、父上の許しがなく」

「結婚。では、サーフェね。そこにいるのね」

隣室から姿を見せぬままであったが。

グレンの母は、笑いを押し隠しているようであった。サーフェの存在にどうして気づいたのだろうか。

それとも――グレンと結婚するなら、サーフェしかいないと考えているのだろうか。

「ご無沙汰《ぶさた》しております、コクハ様」

「いいのよ。サーフェなら安心。ヘビの身体《からだ》というのは、最初は驚いたけど……あなたは気立てのいい、優しい子だもの。ウチの紅蓮をよろしくね」

「はい、ええ……それは、もちろん」

サーフェは深々と頭を下げてから。

「ですがコクハ様――嫁は、私だけではないのです」

「？」

母親へと、サーフェから説明がなされた。

サーフェのほかに二人の女性――ティサリア、アラーニャとも結婚を予定していること。そしてアラーニャとの結婚に対して、ビャクエイの許可が下りないことを。

サーフェのよどみない説明を受けて、母コクハは黙った。

「あなた」

母は、ビャクエイを呼ぶ。

腹の底から冷えるような、迫力のある声だった。

「ん――む――うむ」

「せっかく西から来てくれた紅蓮のお嫁さんに、結婚を認めないだなんて、そんなことを言ったの？　あなた？」

「だが――お前。いきなり紅蓮が嫁候補を三人も――」

「そんなこと関係ないでしょう。ウチの子は、蒼炎《ソーエン》も紅蓮も翠雨《スイウ》も、みんなちょっとおかしいんだから！　嫁が三人だったからどうだというの。これを逃したら、誰も紅蓮と結婚してくれなくなるわよ」

酷《ひど》い言われようであった。

サーフェたちの手前、グレンも否定しづらい。サーフェはくすくすと笑いをこらえているのだった。

「翠雨に鬼の角《つの》が生《は》えて、蒼炎は鬼の娘と結婚したいと言い出した。この上、紅蓮が魔族の嫁と結婚したところで、どうだというのです」

「いや――だが私は、リトバイト家の信用を――」

「現当主は蒼炎でしょう。蒼炎はどう考えているのです」

母は強気であった。

水を向けられたソーエンは、笑いをこらえながら。

「母上。私は元よりこの婚姻《こんいん》は賛成……弟の幸せを願っておりますゆえ」

白々しいことを言うソーエンであった。

「ほら見なさい。では、これでこの話はおしまいですね」

「う……うむ……」

ビャクエイは気まずそうであった。いかに歴史ある商家リトバイト家の前当主といえど、妻の言葉には勝てないようだ。

「私は少し休みます――あとで顔を見せに来てね、紅蓮」

「は、はい、母上……」

「一向に手紙を寄越《よこ》さなかったことについても、話を」

「はい――えっと――すみません……」

返す言葉もない。

グレンが謝ると、母はふふふ、と淑《しと》やかに笑って、フスマを閉めるのだった。

結局、母の顔を見ることはなかった——しかし、声を聞いたのはいつぶりだろうか。母もまた、父と同じく、自分に対して良い感情は持っていないとばかり思っていた。

けれど、アカデミー入学のために飛び出して以来、数年間、会いもせず手紙も出さない親不孝な息子へ、母は以前どおりに声をかけてくれた。

それが純粋に、嬉《うれ》しかった。

「だ、そうだ」

ビャクエイは。

初めていかめしい顔を崩《くず》した。どんな表情をすればいいかわからない、とばかりに肩をすくめる。

「リトバイト家の真の当主が仰《おつしや》るのだから——皆、従うように」

「父上……」

ソーエンが苦笑している。

夫は妻に逆らえぬものらしい。少なくともリトバイト家においては——ソーエンとサキの関係を見ていると、さもありなんと思わせるものがある。

ならば自分はどうだろう。

にこやかな笑みを浮かべたサーフェが、グレンを見つめていた——少なくともグレンは、サーフェには頭が上がりそうにない。

「黒葉は、ここのところ調子が良くない」

「それは……」

「医者の診立《みた》てでは、心労だろうということだ。ああ見えて、翠雨の『鬼変病《きへんびょう》』の一件から、随分《ずいぶん》と心を病《や》んでいた。たまに熱もでる」

グレンの知らない話だった。

だが、ソーエンやスィウは神妙《しんみょう》な顔をしている。とっくに知っていたことらしい。自分の親不孝を、グレンは今更《いまさら》ながら申し訳なく思う。

「だが、翠雨も元気でやっているし、紅蓮の顔も見れた。黒葉の心労も徐々《じょじょ》に減っていくことだろう」

「はい。それは――なによりです」

今後は定期的に手紙を出そう、とグレンは心に決める。

アラーニャも柔らかい笑みだ――こうまで言われては、アラーニャとて、もはや愛人でいいなどとは言わないだろう。

「改めて、結婚おめでとう――嫁と仲良くしろよ、紅蓮」

「はい、父上」

グレンは父に頭を下げる。

いかめしい顔のビャクエイが、初めてその口角《こうかく》を上げた。

魔族医師になるために、実家を飛び出して数年――実質的に絶縁《ぜつえん》状態であったグレンだが、ようやく父と和解できたような気がした。

「サーフェ。そしてティサリア殿。アラーニャ殿。不甲斐《ふがい》ない息子で、迷惑もかけるだろうがどうかよろしく頼むよ」

「もちろんです。先生のことは私にお任せください」

サーフェがすました顔で言ってのける。

これで――一区切りだと、グレンは思った。

両親への結婚の挨拶も、そして実家を飛び出したグレンの後悔も、今回の一件でしっかりと区切りをつけられた気がする。

そして同時に。

父に結婚を認められたことで、独《ひと》り立ちできたような気もする。ようやく一人の大人として、正しく医師の道を歩んでいける気がするのだった。

「これからも――リンド・ヴルムで、精進《しょうじん》してまいります」

グレンの言葉に。

ビャクエイはただ、鷹揚《おうよう》として頷《うなず》くのであった。

エピローグ　花の咲く春に

桜が咲いている。

ソーエンの里では、桜が満開だった。東を訪れた時には梅の季節だったのに――今年は暖かく、桜も随分《ずいぶん》とせっかちに咲いたようだ。

いや、あるいは。

リンド・ヴルムに帰るグレンたちを、桜が見送ってくれているのかもしれない。

「皆様、大変お世話になりました」

見送りのサキが言う。ソーエンは彼女の隣で腕を組んで偉そうだ。

「いえ、こちらこそ――」

「『黒後家《くろごけ》党』を無事に捕らえられたのも、東が魔族に寛容になったのも、皆様のおかげです。本当にありがとうございました」

サキの表情は明るい。

『黒後家党』の騒動《そうどう》があってから、元老院では、『鬼変病《きへん》』にかかった者たちにも人間と同様の権利を与えるべき、との議論がなされているようだ。もちろんその議論を主導しているのはほかならぬソーエンである。

都を騒がしていた『黒後家党』を捕らえたのは、魔族たちのおかげ。ソーエンの里のおかげ。そんな評判が、今、ヘイアンでは広がっている。

東では、角《つの》が生《は》えただけで村八分にされる者たち――サキのような鬼も、人と変わらないと証明され、真っ当に生きられる日が来るのも近そうだ。

その時にこそ、ソーエンもサキと結婚し、夫婦になれるだろう。

「こんな船まで用意してくださって、ソーエン兄にしては珍《めずら》しく奮発《ふんぱつ》したで御座《ござ》るな！」

グレンの隣――スィウがほくほく顔で告げる。

ソーエンの隠れ島の船着き場では、最新式の廻船《かいせん》が停《と》まっていた。

帰りの船旅はさぞ快適だろう。リトバイト家は元々、廻船問屋なので、良い船を用意するのが本分ではあるのだが。

「なに。アルラウネの酒で随分と儲《もう》けたからな。その礼だ」

「またこの人は――素直に弟君たちに感謝してると言いなさい」

「そんなつもりじゃない。またいつサキを寝取られるかわからん。グレン、お前はさっさと帰れ」

「いや寝取ってないから！」

不名誉なことを言われ、グレンは思わず叫ぶ。

無礼千万《ぶれいせんばん》なソーエンの脇腹《わきばら》を、サキが無言で突き刺した。ソーエンがぐぼ、と妙な声をあげて呻《うめ》く。

「イヤじゃぁぁあぁ～、まだ帰りとうない～。東で男遊びするんじゃぁぁあぁ～～～」

「竜闘女《りゅうとうじょ》様より、アルルーナ様を連れ帰るよう厳命を受けております。大人しく従ってくださいませ」

「まだ全然遊んでおらんもん！　帰っても仕事じゃろどうせ！」

「議会ナンバーツーが好き勝手を仰《おっしゃ》いますな」

ふと見れば。

巨大な球根が引きずられていた。アルルーナは蔓《つる》を地面に突き刺してワガママを言っているが、苦無《くない》の怪力には勝てないようだ。

「まあお母様ったら」「子どもみたい」「まあ子どもみたいなものでしょ」「それもそうね」「私たちの区別だってきっとついてないだろうし」「自分で好き勝手性交した結果が私たちなのにね」「名前くらい覚えてほしいものだわ」

娘たちがくすくす笑う。

アルルーナは構わずに抵抗を続けるが、苦無がずるずると引っ張って船に乗せようとする。

そんな彼女の背中に、ソーエンは声をかける。

「苦無殿。『黒後家党』の集めていた品物の検分は、元老院で急ぎ行っております。ただ、不死の人造人間の設計図——というのは、現状見当たりませぬ」

「そうか」

苦無の反応はあっさりしたものだった。

「いずれ不確かな情報だった。止《や》むを得まい」

「連中が盗品を保管していた場所は、まだまだあちこちに点在している模様です。もし見つけたらお届けいたします」

「ああ。よろしく頼む」

言いながら、アルルーナを引きずって船に乗せる苦無。

その様子をソーエンはなんとも形容し難い表情で見つめていた。

「——リンド・ヴルムの権力者やら、その側近というのは、皆ああなのか。自由というか、マイペースというか」

「ええと……うん、まあ」

返す言葉もないグレンである。

アルルーナも、あんな調子ではあるが、仕事はできる女性のはずだった。

「やはり俺の理解の外にある街のようだ——だが、お前やスィウには、居心地がいいのだろう。達者でな、グレン」

「うん。兄さんもね」

グレンは笑う。

決して好きになれない兄ではあるが――今回は大いに世話になった。なにより、彼は信じられなくとも、彼に従うサキのことは信用できる。

サキがいるなら、兄はきっと大丈夫だ、とグレンは思った。

「手紙は出せよ」

「わかってるよ……」

もう両親に心配はかけたくない。

リンド・ヴルムに着いたら、まずは便箋《びんせん》を買おうと心に決めるグレンであった。


「あらーにゃ様、いっちゃうの？」

「うん、そう。つむちゃん、元気でな」

「うん……あらーにゃ様も、せんせいと、仲良くね」

たどたどしい口調で、小さなアラクネがさよならを言う。

アラーニャは彼女の頭を撫《な》でる。くすぐったそうに微笑《ほほえ》むつむぎであった。アラーニャは船着き場で、里で世話になった魔族たちに別れを告げていた。

（さて）

てて、と去っていくつむぎを見ながら。

アラーニャはちらりと、グレンを眺《なが》めた。グレンとスィウは、未《いま》だに、長兄やサキとの別れを惜《お》しんでいる。

（これはどうしたもんやろか）

アラーニャが取り出したのは、一枚の紙であった。

船に乗る前に処分しておきたい。

その紙は——アルラウネの酒の広告。モデルとして苦無の人相書きが描かれた、東で配った広告である。『黒後家党』をおびき寄せるためにばら撒《ま》いたものだ。

アラーニャが分泌《ぶんぴつ》したフェロモン塗料によって、魔族の里にアラーニャの母がいる——という偽《にせ》の情報が記されている。

はずだが。

（これは……違う）

ソーエンがばら撒いた広告ではある。

しかしアラーニャのフェロモンの上に、別のフェロモンが上書きされていた。アラクネの同族でもない限り、この違いには気づけないだろう。

ある日、アラーニャの借りていた屋敷に、この広告が落ちていた——あまりにも出来すぎな
それに、アラーニャはいい顔ができない。

（母の……あの女の匂《にお》いや）

忌々《いまいま》しく、アラーニャは毒づいた。

フェロモンの塗料によって、記されているのは、たった数行のメッセージだ。

『イイ女になったわね、アラーニャ』

『盗賊《とうぞく》家業がやりたければ、戻っておいで』

なんて身勝手な言い草だろうと、アラーニャは心底《しんそこ》うんざりする。

（ずっと見てたっちゅうことやな）

一体どんな手段を使ったのか知らないが。

アラーニャの母は、『黒後家党』のやっていたことから、アラーニャが東に来たこと。そしてアラーニャがフェロモンを使って『黒後家党』をおびき寄せたことまで、知っていた。

あの女は、へィアンの近くにいる。

そして、アラーニャのこともずっと見ていたのだ。

このメッセージを受け取った時、さすがのアラーニャも平静ではいられなかった。神出鬼没《しんしゅつきぼつ》の、自分の母がいつまた自分の前に現れるか。

もしかすると、またグレンに迷惑をかけるかもしれない、とも思った。

（でも）

アラーニャは。

広告を破る。丁寧《ていねい》に丁寧に。記されたメッセージなどどうでもいい、と言わんばかりに、紙を細切れにしていく。

「残念やったな、母様」

母が、この言葉を聞いているのか知らないが。

決別の想いは届くだろうと思った。

「センセは、ずっと一緒やと言うてくれたんや……妾《わらわ》、それを信じることにしたから。アンタのとこには行きまへんえ」

アラーニャは、引き裂いた紙を捨てる。

紙吹雪《かみふぶき》は、桜の花びらと混じっていく。満開の桜の花が、アラーニャの捨てた紙の花をさらっていくのだった。

仮に万が一、母がなにかしてきても。

自分はずっと、グレンと一緒だ。だから怖くないのだ。

「ふふ……」

アラーニャは、拝借《はいしゃく》してきたヒョウタンを手にする。

中に入っているのは、アルラウネの酒だ。

「アラーニャ、そろそろ出ますよ」

「こんなところでなにをしてますの？　——って、花見酒!?」

サーフェがするりと這《は》ってくる。蹄《ひづめ》を鳴らして寄ってくるのはティサリアだった。

「ふふ、ここで一献《いっこん》――風流やろ？」

「いやいや、船で酔いますわよ？」

「せやな。一口だけ」

ず、とアラーニャはヒョウタンから一口、酒を飲む。

「……なにかしてたの？」

サーフェは目ざといな、とアラーニャは思う。

「なぁんにも。正妻はんに言うようなことやあらへん」

「わざわざそう言うの、嫌味だからやめて」

「あら。本心やったのに」

アラーニャは茶化して、微笑んだ。

愛人でいいと言うつもりはないが――グレンには、サーフェを優先してほしいと思うアラーニャだ。アラーニャにしてみれば、サーフェを大切にしているグレンも、グレンに愛されているサーフェも、どちらも好きなのだから。

我ながらこじらせている――とアラーニャは思った。

「あやしいわね……」

「気のせい気のせい」

「なにか隠していないでしょうね――はっ！　そういえばまだ聞いてなかった。そもそもアラーニャ、グレン先生とのキス。どんな感じだったか教えなさい。詳《くわ》しく、詳しくね！」

　サーフェが迫ってくる。

　三人娘は船のほうに向かいながら、話を続ける。

「それはぁ――センセとの、秘密♪」

「アラーニャ！」

「話すもなにも、サーフェ散々《さんざん》覗《のぞ》いてたやろ」

「それはそれ、これはこれなの。私だってキスはまだなんだからぁぁ～～～！」

　サーフェが悲鳴をあげる。

　すると、船着き場の海面から、ぽちゃんと顔を出すものがあった。ルララである。

「今キスって聞こえた！」

「ルララさん!?」

「なになに、グレン先生と誰がキスしたのー？」

　無邪気に微笑むルララだった。

「……っていうかさ、グレン先生と最初にキスしたの……多分ボクだよね？　ね？」

「ち、違います！　あれはただの緊急治療！　まずは私、私ですから」

「ええ～～～？　アラーニャさんもキスしたんでしょ？」

「初めっから聞いてるじゃないですか！」

ルララがてへ、と舌《した》を出す。

この子もなかなかに抜け目がないな——とアラーニャは思う。アラーニャは元よりサーフェを立てるつもりであるが、ルララはどうだろう——サーフェにしてみれば、強力なライバルといったところか。

「結婚も認められましたし、これでようやく式の話ができますわね。三回、いえ、四回やりますの？」

「そんなお金はありません。診療所の借金も返さないと」

「そういえばありましたわね、借金」

診療所の財政はまだまだ厳しいものがあるらしい。

内助の功として、これからもグレンを助けねばならないとアラーニャは心に決めた。

「なあ、なあ、サーフェ」

「なに、アラーニャ⁉」

ライバルの威嚇《いかく》に忙しいサーフェが、声を荒らげる。

アラーニャは、サーフェの耳に唇《くちびる》を近づけて——。

「——センセとのキス、とっても良かったで？」

「〜〜〜〜〜〜〜〜ッ！　か、帰ったら私もしてもらうんだから！」

「今すればええやないの」

「ムードがあるのよ！」

サーフェが嘆《なげ》く。ティサリアも羨《うらや》ましそうな顔である。

騒がしい嫁たちに気づいたのか、グレンがこちらを向いた。

「どうしたの？　なにかあった？」

「なんでもありまへんえ」

アラーニャはとぼけて、ヒョウタンからまた一口、酒を飲む。

どこからか飛んできた桜の花弁が、アラーニャの目の前を横切った。

――春はもう、すぐそこであった。

あとがき

皆様こんにちは、折口良乃《おりぐちよしの》です。

おそらくはこの8巻が発売している頃には、きっとアニメ『モンスター娘のお医者さん』が始まっていることでしょう――が。

まずは疫病《えきびょう》につきまして。


コロナウイルスという、未曽有《みぞう》の疫病が世界を覆《おお》いました。

生まれた時からコミュ障・引きこもり・陰《いん》キャ人間であるところの折口個人には、大きな影響はありませんでしたが――編集部のリモートワーク、書店の自粛《じしゅく》、アニメの制作まで、やはり仕事に多大な影響がありました。

読者の皆様も、様々な対応を余儀《よぎ》なくされたことと思います。

この状況においても対策を講じながら、仕事を続けてくださった方々、本当にありがとうございます。

編集さんをはじめとする皆様のおかげで、無事8巻発売となりました。

グレン先生も言っております『手洗い、うがい、消毒、マスク！』と。いや言ってなかったわ。あとがきで言わせただけだ。皆様なにとぞお気をつけくださいませ。


というわけで、不健全なアルルーナ様の8巻です。

仕方ないね。でもみんな好きでしょ。乱交……じゃなかった集団開花。自家受粉。エロくないよ。


アニメはどうなっているでしょうか。

このあとがきを書いているのは5月ですが、2か月先のことは読めないですね。

先述した疫病のために、アニメイベントなども数多く自粛になってしまいました。モンスター娘が大人気の海外でも、むしろコロナウイルスが席巻《せっけん》しているようです。

無事に放映されていることを祈るばかりです。


今回ページ少ないって！　なので謝辞《しゃじ》を述べさせていただきます！

編集の日比生《ひびう》さん！　アニメ関連の激務、いつもありがとうございます！

イラストレーターのZトン《ぜっ》先生！　不健全なアルルーナ様最高です！

コミカライズの鉄巻《かねまき》とーます先生！　続きを心待ちにしております！
そしてアニメスタッフの皆様方。キャストの皆様。本当にありがとうございます。皆様のおかげでいい作品になったと思っております！

またいつもつるんでくださる作家の皆様方。ツイッター等で交流してくださる漫画家、イラストレーターの皆様。人外オンリー主催Ｓ－ＢＯＷ様、ならびにスタッフの皆様。全国の書店員の皆様。ＣＯＭＩＣリュウの担当様ならびに編集部様。実家を出たのでなかなか会う機会のない家族。細かいところまできっちり指摘《してき》をくださった校正様。
そして誰よりも読んでくださった皆様へ、最大限の感謝を。

次は年若い子たちがなんかやるかも？　やんないかも？
え？　スカディ様にも期待？　いやあの人誰より年上だしな……。

折口　良乃

ダッシュエックス文庫

モンスター娘のお医者さん8

折口良乃

2020年 7 月27日　第1刷発行

★定価はカバーに表示してあります

発行者　北畠輝幸
発行所　株式会社　集英社
〒101−8050　東京都千代田区一ツ橋2−5−10
03（3230）6229（編集）
03（3230）6393（販売／書店専用）03（3230）6080（読者係）
印刷所　図書印刷株式会社

本書の一部あるいは全部を無断で複写複製することは、
法律で認められた場合を除き、著作権の侵害となります。
また、業者など、読者本人以外による本書のデジタル化は、
いかなる場合でも一切認められませんのでご注意ください。
造本には十分注意しておりますが、乱丁・落丁（本のページ順序の
間違いや抜け落ち）の場合はお取り替え致します。
購入された書店名を明記して小社読者係宛にお送りください。
送料は小社負担でお取り替え致します。
但し、古書店で購入したものについてはお取り替え出来ません。

ISBN978-4-08-631373-5 C0193
©YOSHINO ORIGUCHI 2020　　Printed in Japan

モン娘好きによる、モン娘好きのための、
モン娘医療アニメ ついに誕生!!

モンスター娘のお医者さん

TVアニメ 好評放送中!!

TOKYO MX ✽ 毎週日曜 23:00～
サンテレビ ✽ 毎週日曜 23:30～
KBS京都 ✽ 毎週日曜 23:00～
BS11 ✽ 毎週火曜 24:30～

※放送日時は予告なく変更になる場合がございます。

[CAST] グレン・リトバイト:土岐隼一／サーフェンティット・ネイクス:大西沙織
ティサリア・スキュテイアー:ブリドカットセーラ恵美／ルララ・ハイネ:藤井ゆきよ
アラーニャ・タランテラ・アラクニダ:嶋村侑
[STAFF] 原作:折口良乃(集英社ダッシュエックス文庫刊)／イラスト:Zトン／監督:岩崎良明／シリーズ構成:白根秀樹
キャラクターデザイン:加藤裕美／アニメーション制作:アルボアニメーション

[official HP] mon-isha-anime.com ✽ [twitter] @mon_isha_anime

ファン必読【原作・折口良乃 書き下ろし小説】を封入したブルーレイが遂に発売!

モンスター娘のお医者さん
Blu-ray 第1巻 2020年10月28日発売!

BCXA-1552／¥15,000(税抜)／第1～4話収録　全3巻／DVDも同時発売

特典
✽原作イラスト・Zトン 描き下ろし特製アウターケース
✽キャラクターデザイン・加藤裕美 描き下ろしアマレーケース

封入特典
✽原作・折口良乃 書き下ろし短編小説『密偵エーリスの受難』(44P予定)
✽特製ブックレット(40P予定)

映像特典
✽TV放送直前配信番組映像特別版 ✽ノンクレジットOP・ED ✽PV・CM集

※仕様は変更になる場合がございます。
※特装限定版は予告なく生産を終了する場合がございます。

■発売・販売元:バンダイナムコアーツ

※イラストはデザイン前のものです。
デザインは変更になる場合がございます。

わたしを治して？お医者様。
©折口良乃・Zトン／集英社・リンドヴルム医師会

のお医者さん」

徳間書店 リュウコミックス

大好評発売中!!

原作：折口良乃　作画：鉄巻とーます　キャラクターデザイン：Zトン

今すぐアクセス▶▶▶▶▶▶▶▶▶▶▶▶

漫画版
モンスター娘
待望の
コミックス第1～2巻

このイラストが目印
WEB「COMICリュウ」にて大人気連載中!!

「きみ」のストーリーを、

「ぼくら」のストーリーに。

集英社
ライトノベル新人賞

募集中!

ダッシュエックス文庫が主催する新人賞「集英社ライトノベル新人賞」では
ライトノベル読者へ向けた作品を募集しています。

大賞	金賞	銀賞
300万円	50万円	30万円

※原則として大賞作品はダッシュエックス文庫より出版いたします。

1次選考通過者には編集部から評価シートをお送りします!

第10回締め切り:2020年10月25日(当日消印有効)

最新情報や詳細はダッシュエックス文庫公式サイトをご覧下さい。

http://dash.shueisha.co.jp/award/